COLLECTION FOLIO

D. Belloc

Suzanne

Lieu Commun

Denis Belloc est né à La Rochelle en 1949. Son premier roman, *Néons*, avait été notamment remarqué par Marguerite Duras. *Suzanne*, un hommage à sa mère, est son deuxième roman.

A Marguerite Duras.

I

NAZAIRE ET L'ANDALOUSE

Photo sépia, usée, coins déchirés. Décor peint, fausses ruines romaines, une femme assise. Ses cheveux très noirs, coiffés plats avec des accroche-cœur sur le front et la joue droite. Ses yeux aussi sont noirs, le nez est aquilin et les lèvres minces semblent maquillées. A ses oreilles, des pendentifs avec des perles. Elle est vêtue d'une redingote de la même teinte que ses cheveux, un col de dentelle déborde sur la redingote. A la boutonnière, une rose. Elle a des bas sombres et des chaussures à talons hauts lacées sur les chevilles. Dans sa main droite une paire de gants assortis à la dentelle.
A gauche de la femme, un homme debout, costume sombre tissu épais, chemise au col boutonné sans cravate. Les yeux de l'homme sont clairs, les traits du visage fins, durs, burinés. Le front est large et haut et les cheveux très épais. Noirs. La main droite, doigts larges et courts, est posée sur l'épaule de la femme. Devant eux, entre eux, une môme en robe à bretelles, chemisier blanc, chaussettes en tire-bouchon, sandalettes. La

môme ressemble à la femme en redingote mais son visage est comme un masque, regard triste qui bouffe le blanc des yeux cernés, juste à la hauteur de la rose à la boutonnière.
L'homme ne sourit pas. Ni la femme ni l'enfant.

Les cheveux de Suzanne sont gris, presque blancs. Permanentés. Sous ses yeux des petites rides horizontales et verticales, sur ses mains des taches brunes. Elles ont ouvert un album photos à la couverture de skaï marron. Suzanne dit que sur la photo elle doit avoir quatre ans, la femme vingt-trois et l'homme peut-être vingt-cinq. C'était en 33, à Vertbreuil, un petit bled d'une dizaine de baraques pas loin des Sables-d'Olonne. Elle dit :

Lui, c'était Nazaire. Il savait pas lire ni écrire, il parlait pas beaucoup, il était un peu rustre, mais avec ses mains il savait tout faire : fabriquer, réparer, tout. C'était un génie, Nazaire. Ses parents, j'ai pas connu. Ils sont partis un jour pour l'Amérique du Sud, en laissant leur môme dans une ferme à garder les vaches, il avait neuf ans. Et jamais d'nouvelles, sauf une lettre pour la naissance de son frère Léonce et une autre pour la naissance de Valentin. Il gardait toujours dans son portefeuille les deux timbres de là-bas, du Chili.

Elle, c'était Mariette mais on l'appelait l'Andalouse à cause de ses cheveux et de ses yeux très noirs. Elle était très typée, belle femme, toujours bien nippée avec des bijoux assortis. Élégante qu'elle était, et bien plus évoluée que Nazaire, même si elle savait pas non plus lire et écrire. C'qu'elle aimait, c'était danser, elle allait souvent au bal. Seule. Elle plaisait beaucoup aux hommes. Je sais rien d'ses parents, je les ai jamais vus, elle en parlait jamais. Quand elle était môme, elle aussi elle gardait les vaches. J'crois bien qu'ils se sont connus au milieu des vaches.

Bon. J'avais quatre ans en 33, Nazaire se louait dans les fermes pour des p'tits travaux, on disait « journalier ». L'Andalouse aussi se louait.

Suzanne dit qu'elle se souvient plus très bien, qu'elle va essayer. Elle dit qu'elle aime pas se souvenir, que les souvenirs lui font mal. « *Y m'font douleur.* »

Il n'y a qu'une pièce dans la baraque à Vertbreuil et une souillarde avec une toute petite lucarne, une cheminée, une table en bois sombre, une glace sur la porte d'une grande armoire. Un grand plumard, une poêle qui pend le long d'un mur. Une lampe à pétrole est posée sur la table. A l'extérieur de la baraque, entre quatre planches, les chiottes : un trou et deux parpaings pour mettre les pieds. Et puis un bout de jardinet pour faire pousser des fleurs à la boutonnière de l'Andalouse.

L'école est dans un autre bled à deux ou trois bornes de Vertbreuil ; Suzanne y va à pied en sautant les fossés et en cueillant des mûres, elle a des galoches marron, un tablier gris, un panier noir en osier avec deux anses, et dans le panier deux œufs durs, une banane, une tranche de pain. C'est une école avec des sœurs, plutôt une garderie. Suzanne a très peur de la directrice, la sœur en noir, maigre avec un long nez, paralysée sur son fauteuil à roues, une baguette à la main. Parfois elle cingle les jambes nues des mômes pour qu'ils se taisent ou qu'ils s'alignent bien par deux dans la cour après la récré. Jamais Suzanne ne parle ni ne joue avec les autres mômes. Elle s'assoit à l'écart, dans un coin du préau, elle sort les œufs du panier, les écale et les renifle longtemps avant de les manger. Elle adore l'odeur de l'œuf écalé.

L'Andalouse est très croyante : les dimanches elle va prier pendant que Nazaire vend *l'Humanité, Tarzan* et *Guy l'Éclair*. Parfois il pose Suzanne sur le guidon de son vélo et il va gueuler dans les rues de Vertbreuil et des bleds alentour : « Ach'tez *l'Huma*, lisez *l'Huma*, le journal des ouvriers ! », et les dimanches soir, il taille des bûchettes, il fait des tas de cinq et dix, de quinze et vingt, et il apprend à Suzanne à compter sous la lumière de la lampe à pétrole. L'Andalouse rentre tard, son manteau est froissé, sa fleur à la boutonnière est fanée et ses pieds sont enflés d'avoir trop dansé.

Suzanne ne dort pas. Elle guette les pas de l'Andalouse sur le sol de terre battue.

Elles vont souvent dans le bois de la marquise « pour ramasser du bois mort et des fruits sauvages », dit l'Andalouse. Elle lui apprend le nom des fleurs, elle dit : « Fais attention, là, sous ces fleurs, y a de l'eau ; les marais. » Et Suzanne croit que si elle cueille ces fleurs elle sera engloutie dans un trou noir qui n'en finira pas, elle croit que là, c'est des oubliettes. Personne ne connaît la marquise, personne ne l'a jamais vue, paraît qu'elle est vieille et qu'elle rôde sur ses terres, un fusil à la main. Elle guette les braconniers.

Certains soirs, devant la glace de l'armoire, Suzanne tourne sur elle-même pour faire s'envoler son tablier gris, faire tourbillonner sa tête. Alors, elle imagine qu'elle vient de cueillir une fleur interdite dans le bois de la marquise.

Un jour près du grand plumard y a un berceau en osier, c'est Nazaire qui a tressé l'osier. Il dit à Suzanne : « C'est ta sœur Élise. » Suzanne ne joue jamais avec Élise qui a les cheveux blonds.

J'ai voulu lui crever les yeux avec une paire de ciseaux. Sûrement que j'étais jalouse, j'm'en souviens pas, c'est l'Andalouse qui m'a raconté. C'est elle qui a retenu ma main à quelques centimètres des prunelles.

Au plafond du préau des guirlandes de lierre, entre les mains de Suzanne un cierge blanc enguirlandé aussi de lierre. Les mômes en tablier gris chantent des cantiques, c'est une fête à l'école des sœurs en noir.

Nazaire a tressé un autre berceau pour Madeleine qui a les cheveux bruns. Élise est malade, « une broncho-pneumonie », a dit le toubib. L'Andalouse croit que c'est sa faute, elle dit qu'elle a fait une pleurésie avant la naissance, c'est le bon Dieu qui l'a punie, elle, la mère de l'enfant.

Les sœurs de la Sagesse viennent tous les matins faire des piqûres à Élise qui se débat, qui hurle et insulte les bonnes sœurs : « Salopes, putains, cons », les seuls mots qu'elle sait dire avec « Papa, maman ».

J'me souviens plus mais j'crois que j'aimais bien Élise. C'que j'aimais surtout, c'était ma souillarde. La nuit, j'regardais les étoiles à travers la lucarne. J'voulais pas m'endormir, j'étais bien.

Au cou de Suzanne, l'anse d'un panier qui repose sur sa poitrine. Dans le panier, des pétales de roses qu'elle jette autour d'elle, à droite, à gauche, c'est une procession dans les rues du bled. Un été à Vertbreuil.

Un jour du même été, il manque un berceau près du grand plumard :

J'ai pas souvenir d'un hôpital ni d'un enterrement, j'me suis rendu compte de rien. Y avait plus Élise et son berceau, on m'avait pas expliqué, alors c'était comme avant. C'est tout.

Et puis ce gros camion bâché qui embarque le grand plumard, la table, la poêle, Suzanne et Madeleine. Suzanne dit à Nazaire qu'il faut pas oublier sa souillarde, il dit que c'est pas possible, elle se met à chialer et l'Andalouse appuie :

« Monte donc dans l'camion, idiote, t'as la goule fine à pleurnicher pour un foutu cagibi. »

Elle parlait souvent de l'enfer et du paradis, elle disait : « Si t'es bonne, t'iras au paradis mais si t'es mauvaise, t'iras direct en enfer » et des conneries comme ça et j'croyais que le camion nous emmenait en enfer parce que j'avais pas été bonne avec Élise, j'croyais qu'son bon Dieu m'avait punie et nous tous avec, par ma faute.

Le camion arrive dans un drôle de bled avec des maisons toutes les mêmes dans des rues toutes droites et un trottoir de chaque côté des rues. C'est Laleu, une banlieue de La Rochelle. C'est la cité ouvrière construite par oncle Pineau, l'architecte, le mari d'Emma, la tante de Nazaire. Le camion s'arrête rue des Vosges, pas loin de la Grand-Place et des Coopérateurs, devant une maison à un étage. En bas une grande pièce, une souillarde sous l'escalier et les chiottes où ça sent pas mauvais comme à Vertbreuil. L'escalier mène à deux petites chambres avec chacune une fenêtre qui donne sur un jardin en friche entouré d'une palissade de planches peintes en blanc. L'Andalouse dit qu'il faut acheter d'autres lampes à pétrole. Suzanne est triste, alors Nazaire lui dit : « Pas loin, là-bas, après toutes les maisons de la cité, c'est la mer, l'océan Atlantique. Un jour j'te montrerai l'océan. »

Accolée à la maison, une autre maison, plus grande, à deux étages, où vivent les Rougier et leurs dix mômes qui hurlent dans le jardin, et ce bruit d'enfer qui vient de la rue des Cévennes, la rue qui longe le terrain d'aviation et qui sépare le Laleu-ouvriers du Laleu-village.

Nazaire a trouvé du boulot, il est charbonnier à Laleu-village, et puis il a rendu visite à madame Paillaud, l'institutrice. Il s'était pas lavé, il était noir de charbon. Il tenait Suzanne par la main. En faisant de grands gestes il a dit qu'il était fier de sa fille Suz. « C'est moi qui lui ai appris à compter, madame l'institutrice, avec des bûchettes. » Et il a expliqué les tas de cinq et dix et de quinze et vingt.

Suzanne a très peur de l'école, peur des autres mômes qui se moquent parce qu'elle parle vendéen et qu'elle est mal fringuée.

Elle dit « coutia » pour couteau, « chiailler » pour chier et d'autres mots, et son tablier gris est rapiécé, les semelles de ses galoches bâillent. Alors, les mômes s'attroupent autour d'elle et ils crient : « Hou ! la fille du bougnat, hou ! la bouseuse, d'où qu'tu viens la pique-bœuf ? » Elle joue pas dans les rues de la cité comme les autres mômes avec leurs osselets, leurs patinettes ou leurs cordes à sauter, elle joue avec Madeleine derrière la barrière de bois blanc, sous la tonnelle construite par Nazaire. Des fleurs y grimpent pour la boutonnière de l'Andalouse qui ne travaille pas.

Suzanne attend les dimanches. Pour voir le vrai visage de Nazaire. Son visage blanc. Ces jours-là, l'Andalouse se lève tôt, elle fait chauffer son fer à friser dans la braise, elle choisit son ensemble le plus chouette et la plus belle fleur de la tonnelle. Elle se prépare pour la messe.

Nazaire assoit Suzanne sur le guidon de son vélo, Madeleine dans un panier accroché sur le garde-boue arrière et ils vont vendre *l'Huma, Tarzan* et *Guy l'Éclair* dans les rues de la cité. Quand ils rentrent, ça sent bon dans la baraque : le jour du Seigneur, c'est le jour de la viande ou du poisson que pêche Nazaire sur la digue de l'Arpenti, des conques, des coquillages qu'il ramasse au bas des falaises à Panpain.

Un dimanche, Nazaire dit à Suzanne : « C'est ton anniversaire, t'as sept ans et devine quoi ? On t'emmène voir l'océan. » Le bougnat s'est fait blanc, l'Andalouse a coupé un œillet rouge, Suzanne tient la main de Madeleine. Le ciel est gris, le vent souffle fort et le bruit des vagues qui crachent sur la digue du môle d'escale à La Palice. Suzanne a peur, elle met ses mains sur ses oreilles et ferme les yeux, elle croit que les vagues vont l'emporter, et, quand elles se retirent, le bruit cesse. Alors elle regarde au loin, elle voit la mer et le ciel sans différence, le brouillard et un point noir dans le brouillard.

« Un bateau d'pêche ou la *Marie-Salope* », dit Nazaire.

« Un fantôme », se dit Suzanne.

Elle crie qu'elle veut rentrer, qu'elle a peur du rien. Elle croit qu'il n'y a rien après les vagues.

C'est sûrement ce jour-là que j'suis tombée malade à cause d'un chwingum que j'avais ramassé au pied d'un arbre. J'rêvais d'un chwingum, il était énorme et rose, j'ai pas pu résister et j'ai chopé un microbe. Le soir, j'ai dégueulé, j'arrêtais pas de dégueuler, au fil des jours j'suis devenue maigre, j'dépérissais. Le toubib a dit : « Elle a des ganglions aux poumons, faut qu'elle change d'air et aussi de nourriture. » M'aurait fallu la montagne mais c'était 36 et y tombait qu'un salaire à la baraque, alors pas question de montagne.

L'Andalouse a dit : « J'tenvoie chez grand-oncle Pineau à La Rochelle, il habite dans l'quartier chic, tu verras, l'air est pas l'même dans les quartiers chics. »

Photo ovale, jaunie. Une femme en pied, corps de trois quarts, main gantée posée sur le dossier d'un fauteuil Louis XVI. La femme se tient très droite, la tête un peu relevée ; le nez est fin, le visage carré, sur le menton une fossette, autour des yeux comme du charbon et du charbon aussi dans le regard fier. L'autre main est posée sur la poitrine, sur le manteau de fourrure, croisé, avec un col d'hermine. Sur la tête de la femme, un chapeau avec des plumes.
Photo d'identité en noir et blanc, déchirée, scotchée. Un homme gros et chauve, double menton, costume et gilet clair. Sur la cravate, une perle ; de la poche du gilet pend une chaîne de montre. L'homme a un sourire gras.

L'Andalouse s'est habillée de noir tout simplement, visage blanc sans maquillage. Suzanne a un manteau gris fripé, des sandalettes blanches, elle tient une valise de carton bouilli. Elles ont quitté tôt la cité, ont traversé La Rochelle et sont arrivées à La Trompette, le quartier chic, l'autre banlieue de la grande ville. Elles sont entrées dans une grande maison blanche à deux étages avec une longue terrasse garnie de violettes de Parme, avenue de Metz, chez grand-oncle et grand-tante Pineau.

Ils sont assis dans un immense salon sur des fauteuils de cuir rouge, sauf grand-oncle qui est debout, qui se balance d'avant en arrière sur ses godasses vernies noires. Ses mains retiennent ses bretelles, il remue les doigts. Au-dessus des godasses vernies, des guêtres grises à boutons noirs brillants. Grand-tante parle beaucoup, elle dit que l'enfant est très pâle et maigre, qu'ici elle reprendra des forces, la nourriture est bonne, mais grand-oncle dit qu'il n'en est pas question, ici c'est pas un préventorium, il veut pas de grignous chez lui, alors l'Andalouse supplie et pleure et grand-tante dit en essuyant ses yeux avec un mouchoir de dentelle blanche : « Cher Robert, soyez généreux. »

Dans le salon, le silence est immobile, Robert se balance, il fait claquer ses bretelles et il dit : « Pas question, ma chère. »

L'Andalouse et sa gamine fuient la maison blanche en marchant vite, le corps raide. La mère parle toute seule.

« On n'est pas des grignous, y m'a humiliée, c'gros con, y m'a humiliée et si elle avait pas bouffé c'putain d'chwingum ! »

La petite pleure en reniflant.

« Et puis merde ! Tant pis pour les sous, on prend l'car pour rentrer chez nous. »

Elles attendent à la station, les pieds encore sur La Trompette. Derrière elles, les cris d'une femme. C'est la grand-tante Pineau qui court et qui hurle : « Vite, vite, il a dit oui ! »

L'Andalouse embrasse sa fille en lui disant tout bas : « Et puis, fais attention, dis pas d'gros mots, c'est des gens d'la haute, et dis pas tonton et tata mais oncle et tante, et dis pas tu mais vous... Et torche ton nez ! »

Tante fait visiter à Suzanne la salle d'attente pour les clients d'oncle, avec des fauteuils en velours rouge, le bureau d'oncle avec des pupitres tout autour de la pièce et du bois blond et des moulures sur les murs, les deux salles à manger, une pour l'été, une pour l'hiver, les trois chambres au premier étage, tourbillon de lits, armoires, bibelots, dégueulis de papiers peints, draps, dentelle, couvre-lit satin. Au deuxième étage, deux petites chambres identiques, murs de crépi blanc, lits très hauts en bois noir. « Ta chambre, dit tante. Et la chambre de la bonne.

— Une bonne sœur de la Sagesse ? »

Tante explique qu'une bonne, c'est une dame qui est payée pour faire le ménage, la cuisine et d'autres choses encore. Sur le palier du premier étage, une petite pièce avec un lavabo, une baignoire, des chiottes bizarres, il faut s'assoir dessus et pas s'accroupir comme à Laleu-ouvriers. Et puis la souillarde. « Où l'on range les objets que l'on utilise plus ou qui ne servent à rien. »

Sur un mur du salon-cuir-rouge, entouré d'un cadre ovale en bois sombre, le portrait de Laurette.

Tante est assise, le buste droit, mains baguées posées sur ses cuisses recouvertes d'une longue robe à gros boutons brillants du col aux chevilles. Laurette est debout, appuyée contre elle, dans une robe blanche, dentelle aux poignets, bas de laine noire dans des chaussures montantes noires et noir aussi le ruban dans ses cheveux très sombres. Sa tête est penchée, un sourire malicieux sur son visage fin aux yeux clairs, le jour de ses huits ans, trois mois avant sa mort.

C'était la fille de Gaëtan, le frère de tante, parti un jour on sait pas où en oubliant sa môme à La Trompette. La môme avait deux mois, c'était il y a très longtemps. « Mon enfant... les poumons si malades... », raconte tante, les yeux humides. Pourvu qu'la bonne soit pas sur un fauteuil qui roule, avec une robe noire, se dit Suzanne qui n'a jamais vu de lumière au plafond, qui s'amuse à la faire naître et mourir en levant et en baissant un petit levier le long des murs.

Tous les matins, avec tante, Suzanne apprend à lire et à écrire et puis elle mange des choses qu'elle a jamais mangées, des fruits et des légumes qu'elle connaît pas et de la viande tous les jours. A table, elle doit se taire et pas dire merci à la bonne qui sert la bouffe dans des plats argentés. Tante lui apprend aussi à marcher droit, les coudes au corps, pour plus tard, pour qu'elle ait « une belle poitrine, un port de reine ».

Suzanne aime bien la bonne qui parle pas, qui l'appelle « Mademoiselle ». Oncle rote souvent après les repas et tante lui dit :

« Je vous en prie, Robert » ; il répond : « Suffit, Emma. » Oncle est gras, il fait claquer ses bretelles, et cette odeur de cigare après les repas. Suzanne n'aime pas oncle. Un soir, dans la salle à manger d'hiver, il demande :

« Aimez-vous votre oncle, chère nièce ?

— Je l'aime pas, il fait chiaille ! »

Oncle a un geste pour gifler sa nièce, tante se lève d'un bond et dit sans hurler : « Allez-y et j'vous en retourne une ! » Oncle hausse les épaules, rote et quitte la table, les deux mains sur son ventre.

Tante a grondé Suzanne qui a mangé le dentifrice. Elle lui a expliqué à quoi sert la petite brosse et le tube de pâte.

Les dimanches à la messe avec tante, qui n'a jamais le même manteau de fourrure mais toujours un col d'hermine et un chapeau noir avec voilette. Suzanne a des sandalettes vernies noires, une robe plissée bleu marine, un manteau en fourrure d'ours blanc. Et les lunettes de tante, rondes en écailles pour les jours ordinaires, rectangulaires en argent pour l'heure du thé avec les dames de La Trompette, pince-nez cerclé d'or pour l'église.

C'était mon premier sapin d'Noël. A tante aussi, je crois. Son premier depuis longtemps.

Suzanne aide tante à accrocher les boules, les guirlandes, les bougies. Elle bade devant l'arbre décoré et reste longtemps à regarder les bougies allumées et le soir de Noël, assise au pied du sapin ; une poupée de chiffon à tête de porcelaine. Elle sent la naphtaline, c'est la poupée de Laurette la poitrinaire. Suzanne n'ose pas toucher le corps de chiffon, tante dit qu'il faut trouver un prénom à cette demoiselle.

« Elle s'appelle Élise, elle couchera avec moi. » Élise a les cheveux blonds.

Nazaire vient quelquefois à La Trompette, il vient en noir ou en blanc, il prend la main de Suzanne et ils vont voir la mer. L'été, c'est différent, le ciel et l'océan sans brouillard, les fantômes ont des couleurs : Suzanne a moins peur du rien.

Un matin d'octobre, Nazaire assoit sa fille sur le guidon de son vélo. Il dit : « Y a une surprise qui t'attend à la maison » et, rue des Vosges, l'Andalouse lui montre un berceau en osier, le berceau d'Aubin. « Tu seras sa marraine », dit l'Andalouse. La lumière pétrole rend triste et blafard l'osier tressé.

Un début d'automne, c'est l'Andalouse qui vient chercher Suzanne. Elle dit que sa fille va mieux, l'air lui a profité, elle a bien grandi et grossi, les cernes sous les yeux ont disparu. Tante pleure. Elle dit qu'elle aurait aimé garder l'enfant quelques mois encore mais la mère de l'enfant répond qu'elle a besoin d'elle à Laleu pour s'occuper de Mado et de Binbin. Elle dit qu'elle sait pas comment remercier, tante répond : « En prenant soin d'elle car c'est une petite reine. » Oncle fait claquer ses bretelles.

L'Andalouse a rangé la peau d'ours, les chaussures vernies et la jupe plissée dans la souillarde sous l'escalier en disant : « C'est pas normal, Mado n'a rien, elle. » Et avec un marteau elle a fracassé la tête de porcelaine et l'a remplacée par un sac en chiffon bourré de son. Elle a dessiné au porte-plume deux yeux, un trait pour la bouche et dit à Mado : « C'est pour toi.

— Pourquoi t'as tué Élise ? »

Y a eu un long silence.

« Tais-toi, idiote ! » Elle a enfilé ses vieilles fringues, reprisées et rallongées, et elle a repris l'école, ses dix ans en cours préparatoire casés au fond de la classe.

Pendant les récrés, elle joue pas au loup ou à colin-maillard, elle s'assoit sur le bout d'un banc et elle balade sa mémoire du côté de La Trompette, elle fait se souvenir son ventre des plats argentés pour oublier les patates tous les jours, les haricots blancs parfois, accompagnés de saucisses de temps en temps. Mais jamais elle n'oublie de se tenir droite, les coudes au corps. Tôt le matin, après avoir torché et lavé Mado et Binbin et dit « Soyez bien sages avec maman », elle pousse la porte de la souillarde et caresse le manteau de fourrure blanche.

Y a un été aux dimanches à Panpain : une plage de galets et une falaise et en haut de la falaise une guinguette. Par petits groupes, les ouvriers quittent la cité, leur panier à bouffe à la main. Ils traversent la décharge publique qu'ils ont baptisé « le Bourg », ils mettent un mouchoir sur leur nez, des fois ça pue jusqu'à Laleu. Ils traversent les marais et c'est Panpain. Au bord de la falaise, ils s'installent sous les tamarins et déballent leurs paniers. C'est à Panpain que tout se dit : « Un tel baise avec un tel, un tel a fait ceci, a fait cela. » Quand le panier est vide, Nazaire s'en va pêcher, son carrelet sur l'épaule, son coutia dans la poche pour décoller les conques. Suzanne le suit, les cotillons retroussés, les pieds nus, elle tient la main de Mado et de Binbin. En haut sur la falaise, l'Andalouse aussi s'est déchaussée, ses pieds nus dansent sur le ciment chaud de la guinguette.

Les ganglions reviennent. Les cernes, la fatigue, l'envie de rien.

J'me souviens plus bien du baptême de Binbin. J'me souviens qu'ils m'ont mis le gosse dans les bras et que je l'ai laissé tomber... Comme une merde. C'était pas volontaire, il était trop lourd pour moi. J'ai pas vu arriver la gifle mais j'l'ai prise en pleine gueule. Je sais pas par qui. J'me souviens avoir pleuré comme une madeleine.

Elle a conduit Suzanne dans un préventorium pour enfants d'ouvriers, un vieux château avec une tour crénelée au pied d'un pont sur la Charente. Un réfectoire, un dortoir, une salle pour les visites médicales. Un préau fermé, dans un grand parc. Les filles au premier, les garçons à l'étage. Le matin, un bol de chocolat et une tranche de pain de cinq livres, la gym et la douche à la queue leu leu. Du riz au gras avant la sieste sous le préau portes ouvertes, allongés sur un alignement de chaises longues usées. Des balades dans les champs, gamins gamines deux par deux qui chantent *Youkaïdi, youkaïda* et la messe le dimanche dans la chapelle du château. Suzanne n'aime pas la messe, Jésus par-ci, Jésus par-là, mais on ne le voit jamais, et puis assis, debout, assis à genoux. Elle préfère monter au sommet de la tour et regarder entre les créneaux les champs qui n'en finissent pas, qui se rejoignent et se confondent parfois avec le ciel, mais c'est pas comme le rien de l'océan.

Elle regarde le rien avec Georges, qui est maigre, qui tousse beaucoup, qui peut pas faire de gym. C'est lui qui a parlé le premier.

« T'as quoi, toi ?

— J'ai des glions aux poumons.

— Moi, j'ai l'souffle douloureux. » Les mômes disent que c'est son fiancé. Ils font une ronde autour d'elle en se tenant la main, ils crient : « C'est son amoureux, il est tout maigre, il en a plus pour longtemps. » Ils disent ça pour faire hurler Suzanne mais elle se tait. Elle se tait aussi quand son lit est en portefeuille, quand elle trouve du riz au gras dans les poches de son manteau, et quand la surveillante, la grosse blonde, lui a piqué la savonnette qui se trouvait dans un colis qui venait de Laleu. Dans le paquet, y avait du pain d'épice, du dentifrice, *Tarzan* et *Guy l'Éclair*. Elle a partagé le pain d'épice avec Georges et mangé seule le dentifrice. Le tube de pâte ne sert à rien, elle a pas de brosse à dents et Georges a perdu ses dents.

Un matin, dans une prairie, les mômes et les surveillantes sous un pommier. Au loin, les hurlements des sirènes et les cloches des églises qui sonnent. Toutes les églises. Et tout se tait, se fige. Les mômes et les surveillantes pleurent en silence, Suzanne aussi mais elle sait pas pourquoi, c'est un matin de novembre 39.

C'était comme si y avait plus d'vie nulle part. J'allais vers onze ans, j'comprenais pas ce qui s'passait mais c'était si fort, si angoissant que ça m'a pris là, dans l'bas du ventre. Alors j'ai chialé comme tout l'monde.

Une lettre de la cité, l'écriture de l'institutrice : Nazaire est parti pour la guerre, Mado et Binbin vont bien, la vie est difficile ici, l'Andalouse a trouvé du boulot au camp d'aviation, elle fait du ménage. La lettre est signée « ta mère ». Dans l'enveloppe, une photo.

> Nazaire en uniforme, la main gauche derrière son dos, la droite le long de son corps. Il tient une paire de gants. Une large lanière de cuir traverse sa poitrine et rejoint un épais ceinturon. Sur le col de l'uniforme, entre les épaulettes, un chiffre : 335. Le regard de Nazaire est lointain, il ne fixe rien. Il manque un morceau de photo audessus du regard, au-dessus des sourcils.

Une estrade dans le préau, devant l'estrade des gens assis : le maire du village, les parents des mômes, les surveillantes et d'autres gens mais pas l'Andalouse. Une femme joue du piano, les gamines ont des robes roses en tulle avec des rubans dorés sur les épaules et sur la tête une couronne en ferraille de la couleur des rubans, les gamins sont en collants blancs. Les mômes dansent sur l'estrade, ça dure longtemps. Il fait froid, Suzanne a peur que les épingles à nourrice lâchent et que sa culotte trop large tombe sur ses pieds. Et puis les mômes chantent :

« Chantons la belle au bois dormant
Dormant au bois si gentiment
La belle enfant repose
dans un château très vieux
Sa joue est blanche et le ciel ressemble
à ses yeux
Chantons, dansons la belle au bois dormant. »

Suzanne a bien bossé en classe, elle a fini deuxième. Elle attend d'être appelée pour monter sur l'estrade et recevoir un prix, mais son nom n'est pas prononcé. Alors, après la fête, elle ose. En tremblant, elle demande à la directrice :

« J'ai fini deuxième, pourquoi j'ai pas eu de prix ? »

La directrice répond qu'elle a pas de mérite, qu'elle est bien trop grande.

« A ton âge, onze ans au cours préparatoire ! »

Suzanne se retient pour pas chialer devant la directrice, elle file en courant, elle grimpe en haut de la tour et avec ses mains elle tord la couronne dorée. Elle s'assoit, le front sur les genoux, elle pleure longtemps avec de gros sanglots.

L'Andalouse est venue chercher sa fille. Dans son sac, des nippes données par une voisine : une robe vert émeraude, un manteau gris, une paire de souliers en daim marron. Suzanne a embrassé Georges : « J'ai plus de glions aux poumons » et elle a passé le petit pont sur la Charente. Elle s'est retournée pour voir une dernière fois la tour crénelée du préventorium pour enfants d'ouvriers.

C'est le soir de Noël, rue des Vosges. Quelque chose a changé ; la lumière qui pend du plafond, avec le petit levier le long du mur, et ce bruit d'enfer bien plus souvent dans le ciel de la cité.

« Font chier, ces zincs, putains d'Boches.

— C'est quoi, des Boches ?

— T'occupe ! C'est des Chleuhs.

— Y r'vient quand, Nazaire ?

— J'en sais rien. Putain d'Boches. »

Sur le sol de ciment, ce soir de Noël, un sabot de bois taillé par Nazaire pour Suzanne. Assis sur le sabot, un baigneur nu.

« Il a dit : " Tu diras à ma Suz joyeux Noël ", alors joyeux Noël », débite l'Andalouse.

Suzanne a repris l'école au cours moyen. Dans le fond de la classe, elle est la grande asperge, la vieille sans poumons et le jeudi, rue des Vosges, elle est ménagère et avec sa baille en bois, sa planche et sa brosse à chiendent, elle est décrasseuse du linge de l'Andalouse, de Mado, de Binbin et du sien. Et la soupe du soir, quand l'Andalouse dit qu'elle rentrera tard du terrain d'aviation. Quand elle rentre tôt, elle dit qu'elle est crevée, elle dit : « Prends la bicyclette et va voir ma copine Mauricette, dis-lui que j'peux pas venir ce soir. »

Devant la maison de Mauricette, un homme attend lui aussi en bicyclette, il demande à Suzanne le message, la môme dit et l'homme s'en va.

J'comprenais pas pourquoi ce type attendait. Je savais bien que c'était moi qu'il attendait ou plutôt le message. Quelque chose me disait que c'était pas bien. Que c'était mal.

Suzanne prépare sa retraite pour la communion. Nazaire voulait pas, il disait : « Tout ça, c'est rien qu'des sornettes », mais l'Andalouse a tellement insisté. Mado et Binbin accompagnent leur sœur à l'église.

Une lettre de Bordeaux : oncle Pineau est mort à table après avoir roté, il avait beaucoup mangé ce jour-là. Tante a vendu La Trompette pour éponger les dettes de « cher Robert ». Elle a loué une petite piaule dans un quartier du vieux Bordeaux, elle embrasse la famille et pense souvent à sa chère enfant. « J'espère que tu marches toujours bien droite, les coudes au corps. »

Elle court aussi, au premier bruit lointain d'un zinc allemantd, elle sait que ça va exploser, pas loin. La poussette de Binbin est toujours prête dans un coin de la pièce, elle y entasse quelques nippes, du linge, des bricoles, l'Andalouse entoure les poignets et le cou de Suzanne de ses bracelets, colliers, bijoux clinquants de ferraille, bois, bakélite, enfile l'une par-dessus l'autre ses plus belles sapes et court avec les gens de la cité en direction des fossés, vers les dernières maisons. Vers la mer. Suzanne tire la poussette, Mado et Binbin hurlent, « Putain d'guerre, putains d'Boches », dit l'Andalouse au premier dégueulis de bombes ou de tirs de mitrailleuses.

C'est un attroupement sur la place de l'Église, des gens entourent Mado et Binbin qui chialent. Suzanne écarte les gens et demande à Mado pourquoi elle pleure.

« Réponds ou j't'envoie une torgnole ! »

Mais la môme se tait, elle renifle, elle tient la main de Binbin. C'est lui qui raconte l'homme aux bonbons. Pendant qu'ils attendaient la fin du caté, l'homme les a entraînés derrière le muret, là-bas, il a montré ses bonbons, ils en ont mangé un, l'homme a retiré la culotte de Mado, il faisait tout noir. Mado s'est mise à pleurer, quelqu'un est arrivé, l'homme s'est tiré en cavalant. L'attroupement suit les gosses rue des Vosges et s'agglutine sur la palissade de bois blanc. Suzanne explique à l'Andalouse qui hurle qu'elle aurait pu faire gaffe. « Où t'as la tête, à quoi tu penses ? »

Et les flics sont là, ils questionnent longtemps. Mado dit que l'homme était grand comme papa et ses cheveux, c'étaient les mêmes. Elle dit pour la culotte, mais après elle se souvient plus. Elle se tait. Binbin se souvient pas non plus après qu'il lui a retiré sa culotte à lui aussi. Une femme attroupée est entrée dans la baraque. Elle dit que l'homme était plus petit que Nazaire et bien plus jeune et bourré, même qu'il zigzaguait quand il s'est fait la malle.

Les gens de la cité disent que si ç'avait été la Suz à la place de la Mado « peut-être qu'elle serait pleine à c't'heure. Fi d'garce. » Depuis le jour aux bonbons, Mado bégaye.

Photos de l'Andalouse en tailleur sombre croisé, jupe droite, jupe plissée, chemisiers clairs aux tissus imprimés de fleurs, étoiles, pois, souliers blancs à talons compensés, escarpins à boucles, à lacets, anneaux d'or aux oreilles, colliers de fausses perles.

Suzanne s'est cognée pendant la récré avec la fille du boucher, une connasse de pimbêche.

« Pourquoi ta mère elle est toujours fourrée à la boucherie avec mon père et jamais elle achète de viande et toujours bien pomponnée, c'est à pas croire qu'elle fait des ménages ? » Elle a dit ça sans s'énerver, elle souriait.

« Et ça t'fait quoi qu'ma mère elle se pomponne ? »

Quand l'autre a dit : « Ta mère, c'est une catin », Suzanne a sauté sur la foutue connasse. Elles ont roulé sur le ciment, se sont griffé la gueule et arraché les tifs. Suzanne hurlait : « Tu vas la fermer, sale folle ! » C'était la première fois que Suzanne hurlait, y avait du sang sur son tablier gris. Personne lui a rien demandé rue des Vosges, alors elle a rien dit.

Plusieurs fois par semaine, à l'heure du déjeuner, elle quitte l'école pour la maison, pour faire fondre la graisse de bœuf offerte par le boucher.

Nazaire en costume sombre, chemise claire au col boutonné sans cravate. Ses joues sont creuses, ses yeux cernés, beaucoup de ses cheveux noirs ont disparu.

Il est revenu sans prévenir, un matin, juste avant l'été. Il était crotté, il puait. Il a raconté le retour à pied de Fontainebleau à Laleu, les Boches au cul.

« Ils arrivent. Dans pas longtemps y s'ront là. »

Le soir, il parle souvent fort à l'Andalouse quand elle rentre tard. Elle aussi parle fort, et puis elle sourit et elle se tait. Elle fait comme s'il n'était plus là. Nazaire part en claquant la porte. A l'usine où il a trouvé du boulot, il pique des bidons d'huile et il dit à Suzanne de prendre la bicyclette, d'aller dans la campagne et d'échanger les bidons contre de la bouffe. C'est une selle d'homme, Suzanne a le cul qui pèle.

Elle est debout. Un voile blanc dégouline de sa tête à ses pieds. Robe blanche, gants blancs, ses mains tiennent un livre ouvert, de chaque côté de sa tête, une mèche brune sur le voile immaculé. La bouche de Suzanne sourit. Pas les yeux. A sa droite,

Mado assise, les jambes croisées, un nœud blanc dans la frange de cheveux noirs sur le gris de la photo presque effacée.

Suzanne imagine qu'elle se marie dans la robe d'organdi prêtée par les sœurs. Elle attend un enfant, elle sait pas comment il arrivera mais elle lui apprendra à compter, avec des bûchettes. Si c'est une fille, elle lui apprendra à marcher droit, les coudes au corps pour le port de reine. Quand Nazaire a vu la robe, il a dit : « Qu'est-ce qu'o lé qu'cheu qu'c'conneries ? » Il est pas venu à l'église, il a pas mangé du lapin échangé par Suzanne contre un bidon d'huile.

Et puis, autour de la table, il y avait les voisins d'en face, les Paquet : l'Émile et Marcelle la boiteuse, sa grosse. Coco, Nonette, Jeannot, Ficelle, leurs quatre mioches, et mémé Paquet, la mère du Mimile qui bosse à l'usine avec Nazaire. Il accompagne souvent l'Andalouse et les mômes dans les fossés de Laleu-cité. Suz, Mado, Binbin et la poussette dans un fossé, l'Andalouse et Mimile dans un autre fossé.

Nazaire était pas souvent là. Il passait de temps en temps. C'est des années plus tard que j'ai su pour lui : la Résistance. Mais j'ai pas su par lui, c'est un de ses copains qui m'a raconté. Nazaire, après son retour de Fontainebleau, il était plus l' même. Il parlait plus, il était comme usé... Rongé.

L'Andalouse a dit : « Prends la poussette et va chercher du charbon et des patates sur les quais de La Palice et trie bien, pas trop pourries, les patates. » Soir presque noir. Il y a d'autres mômes sur les tas de poussier et de pommes de terre avariées laissées par les dockers. Il y a un môme qui demande : « D'où qu' tu viens, toi ? T'es pas d'ici, j' t'ai jamais vue ! » Suzanne dit qu'elle vient du Laleu des ouvriers, et l'autre lui dit de foutre le camp.

La nuit est bien avancée sur les pavés, de La Palice à la cité. Les roues de la poussette ne grincent plus. Elle est trop pleine : une couche de poussier, une couche de patates. Suzanne renifle le sang qui pisse de son nez pour une patate trop grosse et pas pourrie. « C'est bien, dit l'Andalouse. Faut pas te laisser faire. » Elle dit aussi : « Faut pas rentrer trop tard, des fois qu'on ait besoin d' la poussette en cas d'alerte. »

Ils arrivent le même jour, printemps 40. D'abord les Boches qui défilent au pas cadencé devant les barrières de bois peint des ouvriers. Casques et bottes qui clinquent sur le bitume. Juste le bruit des bottes. Sur le pas des portes, les gens immobiles. Mémé Paquet crache plusieurs fois en avançant la tête. C'est le matin. Suzanne a mal au ventre, elle frissonne.

L'après-midi, ça coule entre ses cuisses. C'est chaud, elle regarde le sang qui dégouline et dans sa poitrine ça se met à cogner. Elle croit que c'est mal, qu'elle est encore punie mais elle sait pas pourquoi. Elle court vers l'Andalouse en chialant. Elle dit qu'elle comprend pas, qu'elle a jamais touché.

« Viens là, imbécile, j' croyais qu' tu savais tout, maintenant t'auras ça tous les mois. »

Elle balance à Suzanne une serviette.
« Éponge ! »
Et des épingles à nourrice.
« Accroche ! »

Ils étaient partout, ces fumiers. Dans la cité, au camp d'aviation... C'était plus eux qui bombardaient, c'était les Anglais. On en prenait autant sur la gueule, mais des Boches aussi crevaient sous les bombes.

C'est mémé Paquet qui lui a dit qu'elle était femme. Elle dit souvent des choses à Suzanne, des choses qu'elle comprend pas. Elle dit : « Méfie-toi des bonshommes, tous des cochons, et les bonnes femmes pas mieux. » Suzanne aime bien la vieille, ses moustaches et son tablier noir crasseux.

Elles sont assises dans la cuisine de la boiteuse, grosse et fagotée comme un cageot, qui marmonne dans sa robe sans forme, qui se met à gueuler qu'elle a tout pigé. « J' suis pas une conne, j' vois bien l'Andalouse et mon Mimile ! Et si y avait qu' lui ! Et ses belles nippes, où qu'elle les trouve ses nippes, hein ? Morue ! » Suzanne hurle que sa mère, c'est pas une morue.

« T'es jalouse, la boiteuse ?

— M'appelle pas la boiteuse, p'tite garce ! »

Elle court après Suzanne pour la cogner, elle tourne autour de la table recouverte de toile cirée à fleurs. Suzanne se marre, elle sait que la boiteuse est aussi asthmatique et qu'elle va bientôt s'écrouler. Au troisième tour de table, la Marcelle peut plus respirer. La main sur ses gros seins, elle étouffe et elle s'écroule en entraînant les fleurs cirées. Elle râle. La vieille Paquet se bouffe les lèvres pour pas exploser de rire, elle fait un clin d'œil à Suzanne qui s'enfuit, un pouce sur le menton, les autres doigts qui remuent comme sur un pipeau.

« Tu m'as pas eue, la boiteuse, hein ? Tu m'auras jamais ! »

J'avais bien bossé à l'école, j'avais rattrapé mon retard, j'étais pas peu fière. Bon. On faisait plus attention aux alertes, j'aimais plutôt ça, au moins dans les fossés j'étais tranquille ; pas d' corvées, charbons-patates-lessive. Je m'allongeais, j'entendais plus l' bruit des bombes et de la mitraille.

L'Andalouse jette un lapin mort sur la table. Elle dit : « Pas l' temps aujourd'hui, faut du ragoût, ton père vient ce soir, démerde-toi. » Suzanne a jamais fait de ragoût, et ce cadavre avec sa peau et tous ces poils... Elle demande à mémé Paquet d'écorcher la bête et Suzanne se démerde et Nazaire hurle en regardant son assiette et la merde de la bestiole mélangée à la sauce. Suzanne pleure, dit qu'elle savait pas qu'il fallait vider la bête. Il caresse la tête de sa fille : « Si c'est toi, c'est rien. C'est pas ta faute. Mais quand même, les cailloux dans les lentilles l'autre jour, c'était déjà pour moi. »

Quand l'Andalouse rentre, il est tard, le cadavre dans la sauce est déjà froid.

Au bout de la cité, les Boches ont construit des

baraques entourées de barbelés et y ont enfermé des hommes maigres et mal rasés.

Suzanne en robe foncée sous un manteau sombre ouvert, les cheveux raides retenus par deux barrettes. Regard sur quelque chose nulle part. Lèvres serrées, corps rond, pieds à l'intérieur. Elle tient dans sa main droite la main de Binbin, cheveux longs ondulés, fossette au menton, jambes arquées en short à bretelles, trop large, chemise claire, chaussettes en tas sur des sandalettes usées. Dans la main gauche de Suzanne, la main de Mado en robe blanche trop courte, corps trop mince terminé par des godillots sans chaussettes. On voit pas si elle sourit sous l'ombre d'un chapeau de paille tressée. Derrière eux, des lambeaux d'affiches sur un mur en ruine.

C'est le jour de son renouvellement, un jour de bombes, allongés dans un fossé, robe et manteau bleu marine souillés par la vase. Il flotte ce jour-là sur la cité.

Ils ont gueulé comme des putois, Nazaire et l'Andalouse, contre ce concours de dessin à l'école : le maréchal Pétain en pied, couleur et uniforme. Suzanne veut des crayons de couleurs. « Fumier d' Pétain ! Salopard de vendu ! Des crayons pour le portrait de c't' ordure ! » Alors Suzanne ramasse à l'école des mines de crayons, noirs ou couleurs, et la nuit, sous la lueur d'une bougie, elle recopie une photo en noir et blanc, du vieux fumier, découpée dans un journal. Sur une feuille écornée, elle écrase de couleurs la gueule du Maréchal : de gris son uniforme aux gros boutons jaunes et le placard de décorations multicolores. L'institutrice, la directrice ont félicité, embrassé, applaudi Suzanne qui attendait la récompense pour le portrait le plus réussi. *Son* portrait. Mais elle n'a rien eu, le dessin est parti à Vichy, c'était peut-être ça, la récompense.

L'Andalouse a hurlé : « T'as pas honte ? Et si ton père savait ça ? »

Suzanne a un peu honte, elle est surtout crevée par les nuits sous la bougie. Et puis elle est triste : Mado et Binbin partent en pension à Marrans.

Tous les mômes de moins de quatorze ans étaient évacués, à cause des bombardements. Y avait plus qu' moi dans la cité, fallait bien s'occuper de la baraque. Y avait plus grand monde, les Boches avaient réquisitionné les maisons pour loger les gars de l'organisation Todt.

Les Todt sont surveillés par les Chleuhs. Le matin, ils partent pour la mer et sur les dunes ils construisent de drôles de châteaux de sable en béton. Un mur sur l'Atlantique. Les gens derrière les rideaux de leurs fenêtres fermées ne parlent pas aux constructeurs du mur. Ils disent : « On sait jamais. » Le soir, Suzanne guette le retour des travailleurs. Elle a piqué dans le garde-manger grillagé un quignon de pain noir rassis, un rutabaga ou autre chose qu'elle glisse dans la poche d'un Todt qui passe.

Nazaire vient embrasser ses mômes, Mado et Binbin. Il tient dans sa main une cage en osier. A l'intérieur de la cage, un canari pour Suzanne qui a fini deuxième à l'école. Il était dans le préau quand sa fille est montée sur l'estrade pour recevoir son prix, 25 francs sur un livret de caisse d'épargne. Y' avait de la fierté dans ses yeux gris fatigués.

L'homme est petit et blond avec de belles dents blanches. Il parle pas à Suzanne, il lui sourit le matin en allant construire son mur sur l'Atlantique. Il lui sourit aussi le soir, il doit avoir vingt ans.

« Manque une patate dans l' faitout, y'en avait trois, j'en suis sûre », dit l'Andalouse.

Suzanne a glissé la patate dans la poche de l'homme blond. Il s'arrête devant elle, il dit : « Mon prénom, c'est Louis, j'ai l' béguin pour toi. » Il dit ça très vite en regardant ses godasses. Suzanne rougit, elle aussi regarde ses galoches.

« T'as quel âge ?

— Pas encore quatorze.

— Tu parais bien plus. P't'être dix-huit. Mais ça fait rien, j'attendrai et après la guerre, j' t'épouserai. » Il colle un baiser sur les lèvres de Suzanne qui part en cavalant. Elle pense : « Et pourquoi pas la main sous mes cotillons pendant qu'il y est ? Non mais ! » Comme ce matin de bombes dans un fossé, la main du Mimile en un éclair sous les cotillons de l'Andalouse...

Suzanne est colère. Elle sait pas pourquoi. Elle émiette nerveusement un morceau de pain noir volé à travers les barreaux d'osier de la cage au canari. Et puis elle essuie sa bouche. Plusieurs fois.

L'Andalouse dit qu'elle y arrive pas : la pension des gamins à Marrans, la bouffe... « Tu vas quitter l'école et travailler, à quoi ça sert l'école ? Ça ramène pas d'argent. »

Suzanne supplie, dans quelques mois, c'est le certificat d'études, même qu'elle a réussi l'examen de passage, zéro faute à la dictée, même que la directrice a dit : « Cette gamine doit faire du dessin, elle est vraiment très douée, toujours première dans cette matière. »

« J't'ai trouvé du boulot dans une école occupée par les Boches. Faut faire l'ménage, c'est pas sorcier, suffit qu'tout soit nickel et puis tu seras nourrie. »

Dans l'école réquisitionnée à Laleu-village, y a mademoiselle Rose la traductrice, quatre filles, et puis des Chleuhs. Pour chaque fille, un seau, une serpillière, un lave-pont. Pour Suzanne, une salle de billard, un long couloir et un bureau à rendre nickel avant l'épluchage des pommes de terre, des kilos et des kilos de pommes de terre.

Elle a piqué un crayon sur le bureau des

Boches, et sur le parquet, sur les murs, sur des morceaux de papier, sur n'importe quoi, elle dessine : des fleurs pour la boutonnière de l'Andalouse sur des tailleurs aux formes inventées, une robe du soir pour Rose la traductrice, avec une traîne aussitôt effacée d'un coup de serpillière. Suzanne pose ses coudes sur le rebord du seau. La tête entre les mains, le nez au-dessus de la flotte où nagent les mégots et les crachats allemands, dans sa robe en toile de jute elle imagine, crée des vêtements aux formes jamais vues.

Elle dit aux filles qu'elle en a marre de cette bouffe dégueulasse ; ce mélange de patates et de nouilles.

« Y en a marre de bouffer comme des cochons. On n'est pas des porcs ! »

Les quatre filles empoignent les anses de l'énorme gamelle et renversent le dégueulasse mélange sur le parquet nickel.

Trois femmes boches en uniformes et chignons blonds. Une des femmes est assise sur le bureau, elle frappe avec une cravache ses bottes noires luisantes et sans plis. Bruit régulier. Les filles immobiles, mains derrière le dos, cuisses collées : c'est le conseil de discipline. La Boche assise détaille Suzanne de la tête aux pieds, lentement, un sourire méprisant sur la fente de sa bouche. Sans la quitter des yeux, elle parle aux deux autres qui éclatent de rire. Rose traduit :

« Ta robe en toile de jute et tes godillots qui bâillent... Un sac, cette Française... »

Suzanne rougit, de honte et de haine, mais son regard est droit, il fixe la femme allemande qui hurle en frappant ses bottes. Rose tremble. « Elle dit que t'es qu'une chienne. Tu vas baisser les yeux ou elle te cingle la gueule avec sa cravache. »

Suzanne baisse la tête et ferme les yeux.

« Elle dit que vous êtes virées, que vous avez de la chance, simplement virées. »

Elles sortent de l'école avec un certificat de fin de ménage mentionnant : insulte à l'armée allemande. Dans la mémoire de Suzanne, une paire de bottes immaculées.

L'Andalouse gueule qu'elle en a marre de cette engeance.

« Un mois d'boulot et déjà virée, tu pouvais pas fermer ta goule ? Faut toujours que tu la ramènes ! Merde ! »

C'est par hasard qu'elle est sur la place de l'Église à Laleu-village. Elle était dans la ville pour chercher du travail, elle a loupé son bus, alors elle rentre à pied. Elle aurait pas dû voir, appuyés contre un mur sur la place de l'Église, l'Andalouse et le Mimile serrés l'un contre l'autre. Elle est là, plantée devant le couple, devant la femme qui lâche, méchante :

« Si tu répètes à ton père, y va te mettre une rouste et à moi aussi, alors tu la fermes. »

Suzanne a rien dit à son père mais il a quand même cogné, pour rien. C'était la première fois.

Il gueulait tout seul, il en avait après sa femme.

« Qu'est-ce que tu fous-là, toi ? Toujours entre mes jambes ! »

D'une de ses mains calleuses il a chopé sa fille par les cheveux et de l'autre il s'est mis à cogner de toutes ses forces. La môme comprenait pas, elle l'a laissé cogner sans pleurer. Quand il s'est arrêté, il transpirait, tremblait. Il a dit qu'il voulait pas, qu'il était colère contre sa femme, pas contre sa gosse, et il est parti en claquant la porte.

Suzanne a un coquart. La boiteuse court après l'Andalouse autour de la toile cirée, Mado et Binbin sont à Luçon dans la maison de mémé Paquet, Nazaire a échangé de l'huile contre une paire de bas de soie.

Je sais pas quand ils se sont séparés, j'ai rien vu, rien entendu. J'ai plus vu Nazaire, c'est tout. Elle a dit : « T'occupes. Il est chez un cousin à La Palice. C'est mieux comme ça. »

> Photo ovale de l'Andalouse en chemisier sombre imprimé d'étoiles blanches. Chignon imparfait, front et joues dégagés. Le sourire est vide, la bouche édentée.

L'Andalouse est malade. D'abord dans sa bouche. En rentrant à la baraque, elle gueule après sa môme, après les Boches, les Anglais, le boulot, même après le bon Dieu. Elle gueule après le dentiste qui lui arrache ses dents. Toutes ses dents. Malade dans son ventre. Elle est crevée, a mal, va moins souvent au bal. Elle dit à Suzanne qu'elle doit se faire opérer à la clinique du Parc, en ville.

« Tu vas quelques jours chez les Paquet. »

Suzanne visite sa mère qui gémit.

« Y m'ont tout enlevé... J'suis plus qu'un sac vide... »

Suzanne pleure sur le drap.

« La boiteuse fait chiaille, toujours elle me course !

— Une totale à mon âge, salauds d'toubibs. J'suis plus qu'une moitié d'femme... »

Une tache rouge sur l'oreiller blanc. La bouche maquillée de l'Andalouse.

Elle a trouvé du boulot pour Suzanne dans une maison de haute couture, en ville, pas loin de La Trompette. Des mannequins bourrés de crin, des filles qui découpent des coupons de tissus, qui cousent et piquent à la machine pour habiller les femmes des quartiers chics. Madame la directrice est petite, cheveux noirs très courts, une raie sur le côté, costume d'homme, chaussures à talons plats, petit cigare au coin des lèvres.

Sur des bouts de chiffons, Suzanne fait des boutonnières passepoil, termine les ourlets, bourre les mannequins aux mesures des clientes. Le soir, elle balaie l'atelier et ramasse les aiguilles avec un gros aimant. Entre deux passepoils elle dessine, sur un cahier donné par la femme au cigare, les mannequins qu'elle recouvre de vêtements inventés. Madame la directrice est très gentille, la couture, c'est chiant, dessiner des modèles, c'est mieux.

Un matin, les filles accueillent Suzanne sous des huées. Elles sont debout, elles sifflent et la montrent du doigt :

« Où tu trouves tes nippes, la chiffonnière ? Tu les mendies ou tu fais les poubelles ? »

C'est les gens de la cité qui habillent Suzanne. Ils font un paquet des fringues que leurs mioches ne mettent plus et le déposent devant la palissade de bois blanc.

Madame la directrice offre à son arpète une veste en laine grise décommandée par une cliente difficile. Elle a promis que les filles ne recommenceraient plus à se moquer.

Elle présente aux clientes le cahier de Suzanne, modèles de face, profil, trois quarts et dans les rues de la ville des femmes riches portent les vêtements de l'apprentie mal fagotée.

Suzanne entend le bruit du moulin que fait tourner un gars de Todt, comme souvent dans les rues de la cité, pour prévenir de l'arrivée des avions bombardeurs et mitrailleurs. C'est le matin, toujours nuit, elle se lève, angoissée. Elle pense : « Cette fois-ci, c'est pas comme d'habitude, je sais pas pourquoi, faut pas aller dans les fossés, faut partir plus loin, quitter la cité. » Elle pense, ensommeillée, en enfilant les fringues de l'Andalouse, sa jupe plissée, son chemisier à pois, son manteau gris avec une rose rouge pas vraie et ses godasses aux semelles de bois articulé.

Elle réveille l'Andalouse. « Habille-toi vite, il faut partir.

— T'es folle comme d'habitude. Fous-moi la paix ! »

Le Mimile arrive, le Mimile est toujours là, il dit : « Vite, Mariette, ce coup-ci j'crois qu'c'est sérieux ! » Dans le cirage, l'Andalouse enfile quelques fringues, empoche quelques bijoux. Elle demande à sa fille de se retourner, pour claper son dentier, elle ne veut pas qu'on la voie mettre en place ses nouvelles dents. Suzanne la tire par la manche et l'entraîne vers la mer en se tordant les pieds dans ses chaussures aux talons trop hauts. Elles traversent un champ d'herbe à lapin, un champ de betteraves et juste avant les marais l'Andalouse s'écroule en transpirant au pied d'une batterie allemande. « J'en peux plus, j'suis crevée. Laisse-moi là...

— Faut aller plus loin, toujours plus loin. Viens ! »

Alors elles vont plus loin. Elles traversent les marais et s'allongent dans le dernier champ avant la mer. Au bout du ciel, les premiers zincs. L'Andalouse fout une torgnole à Suzanne : « Tu vas baisser la tête, idiote ! » Elle veut pas baisser la tête, elle veut voir les avions en formation, points qui grossissent, ils sont au-dessus d'elle. L'Andalouse enfonce la tête de Suzanne dans l'herbe humide. « Mais c'est pas possible ! Mais t'as mis mes nippes ! Et la rose ! T'as vu dans quel état t'as mis ma rose ! »

Suzanne relève sa goule barbouillée de terre. Elle voit un zinc dégueuler la première bombe sur la batterie boche qui explose, et d'autres bombes, plus loin, sur Laleu, des bombes incendiaires. « Putains d'Anglais », dit l'Andalouse.

Y'a deux maisons debout sur Laleu-cité défoncé de cratères, et en flammes le terrain d'aviation. Y'a des gens qui fouillent les gravats fumants, la mère Royer qui hurle, elle a compté ses mômes et recompté, il en manque deux.

L'Andalouse, accroche-cœur qui dégoulinent sur son nez aquilin, immobile, les bras morts. Elle chiale au bord du trou où était sa maison, les yeux écarquillés sur la cage en osier du canari. Vivant.

J'm'en souviendrai toujours. Ce jour-là, j'avais mes trucs et rien pour éponger.

L'Andalouse récupère son manteau qu'elle tapote pour faire tomber la terre humide et redresse les pétales de la rose, fripée comme une vraie fleur fanée. Suzanne ramasse un gilet vert qu'elle enfile et un morceau de chiffon qu'elle bourre dans sa culotte.

Elles marchent vers Laleu-village presque intact. Trois nuits sur le parquet de la mairie, d'autres nuits dans un lit-cage chez des bombardés aux baraques épargnées.

C'est mars 43. Mimile retrouve Mariette, Nazaire manque à Suzanne, le canari est sûrement crevé.

II

LULU

Une pièce à La Rochelle dans une petite ruelle ancienne. En se penchant, on peut serrer la main de son voisin d'en face. Suzanne et l'Andalouse au deuxième étage, les Paquet au troisième, c'est le Mimile qui a trouvé le logement, du provisoire. Les locataires ont fui en laissant les meubles. L'Andalouse a trouvé des ménages, Suzanne reprend ses passepoils et ses ourlets. Dans la maison d'en face, au même étage, les Leroux. La mère rouquine, grande, les épaules larges, les seins gros et lourds. Le père, chauve, trapu, plus petit qu'elle. La fille Francette, des taches de rousseur plein la gueule, l'âge de Mado. Sauveur, immense, balèze, les cheveux noirs frisés, petites moustaches. Et Lucien.

Il est très grand, il marche dans une rue de la ville, pantalon sombre, maillot blanc sans manches, sandalettes blanches. Les cheveux bruns, crantés, mèches folles indisciplinées. Le nez est épaté, les lèvres épaisses, taille mince, épaules carrées, le corps musclé, les mains larges prolongées par des doigts noueux. Impression de force et de violence.

Lucien le frère aîné est boulanger, Sauveur mécanicien, la rouquine vend des sardines pêchées par son bonhomme, Simon. Sur le port, devant les chalutiers, elle installe sa carriole et elle crie : « Elle est fraîche, ma sardine, elle est fraîche ! » Le père est un ours. Francette est une petite peste.

Par la fenêtre, Lucien fait des signes à Suzanne, pour dire : « Bonjour, comment ça va ? », pour faire le pitre aussi. Au début, Suzanne ne répond pas, hausse les épaules. Un jour, elle rit et fait des signes, timides.

Un matin, ils se croisent dans la rue, Lucien dit son prénom, Suzanne le sien. Ils parlent de tout et de rien, de la couture, du pain, des sardines. Et des Boches. Il dit qu'il va vers dix-neuf ans, qu'il boxe en amateur depuis longtemps.

« Tiens, sur la photo, là, c'est moi après mon dernier combat. Enfin... je boxais... » Il dit qu'il part bientôt pour la guerre, elle dit qu'elle a quinze ans, qu'elle doit rentrer, Mariette va l'engueuler. Suzanne arrive à l'épaule de Lucien qui a des tics. Il cligne des yeux, tord sa bouche, tremble et danse d'un pied sur l'autre sans pouvoir s'arrêter.

Il lui montre son bras entouré d'un pansement et dit qu'il s'est brûlé dans son four à pain.

« Tu peux venir me panser ? »

Chez la rouquine, elle prépare les compresses et la pommade en évitant de regarder Lucien. Il dit qu'il s'est brûlé exprès, pour qu'elle le soigne et pour la voir près de lui. Il l'embrasse dans le cou, le baiser dure longtemps, elle rougit mais ne bouge pas. Elle serre la bande Velpeau de toutes ses forces, Lucien pousse un cri.

« T'es pas une douce, ma Suz !

— C'que t'es douillet ! Un grand gars comme toi ! »

Il l'embrasse encore, sur le menton près des lèvres. Elle rougit, s'écarlate.

« J't'attends demain, ma Suz. »

C'était pas sérieux... Juste un flirt. Comme ça... Mais Lulu, c'qu'il était beau mec...

La rouquine fume des Gauloises et boit des pastis après avoir rangé sa carriole. Le père Simon rentre toujours soûl de ses pêches, Lucien aussi rentre soûl, Sauveur n'est pas souvent là. L'Andalouse n'aime pas ces gens.

« Ça m'plaît pas qu'tu sois toujours fourrée chez les Leroux. Et puis, ce Lulu... Tu sais, j'connais les hommes. Celui-là vaut rien. »

Je trouvais normal que les hommes boivent de temps en temps. Les hommes, c'est pas pareil, faut qu'ils s'amusent.

La femme au cigare dit qu'elle va payer des cours à Suzanne pour qu'elle apprenne encore mieux à dessiner ses modèles. La brûlure de Lucien cicatrise.

C'est le dernier pansement, Lucien embrasse Suzanne sur la bouche. « Tu sais pas embrasser, ma couturière. Doucement, tu m'fais mal ! J't'apprendrai... » Suzanne regarde ses pompes.

Sur son lit, elle reconstitue le baiser de Lucien, l'instant plusieurs fois répété, jusqu'à l'épuisement de l'image. Suzanne n'est pas colère.

La rouquine dit : « Laisse donc cette drôlesse, c'est qu'une grignou », la Francette rit méchamment : « Pis elle fait vieille pour son âge. » Le père Simon tapote en douce la joue de Suzanne, Sauveur parle des gonzesses qu'il baise : « Mimi a un gros cul, et les nichons de la Jeanne... des sacs à lait ! » Les Boches arrivent. D'autres Boches qui viennent du sud en brûlant et détruisant tout sur leur passage. C'est l'été 44. Il faut fuir. Encore.

Lucien dit qu'il part avec sa mère et sa sœur, pour Grue. Là-bas, il prendra le maquis. Suzanne prépare un baluchon; elle part avec l'Andalouse pour Luçon rejoindre Mado et Binbin. Ils prennent le même train pour les marais charentais. Sauveur s'est engagé pour cinq ans; 271e Groupe de transport, destination : frontière franco-allemande.

L'Andalouse et sa fille descendent à Luçon, Lucien et sa mère continuent :

« Dépêche-toi, Lulu, on n'est pas arrivés.

— Fais pas chier, me voilà. »

Il prend Suzanne par la taille, la soulève et dit qu'elle est sa poupée. Il l'embrasse sur la bouche.

« Comment tu causes à ta mère !

— Tu fais des progrès, ma Suz ! »

Il veut toucher ses seins déjà ronds.

« Ah non ! pas d'main sous mes cotillons !

— Z'avez pas fini d'vous bécoter, merde ! » crie la rouquine. Le train démarre.

« J't'écrirai, hurle Suzanne.

— Pas question », clape le dentier de l'Andalouse.

Mado et Binbin ont grandi et grossi, leurs joues sont roses, Mado ne bégaye plus. Elle zozote. Dans les fermes alentour, Suzanne fait du raccommodage contre des œufs, du lait, du beurre, de quoi bouffer. L'Andalouse a planqué les crayons, alors entre deux chiffons rapiécés, Suzanne couche dans un champ la rondeur de ses seins, et avec du mercurochrome piqué à la mère Paquet, elle écrit des poèmes pour son maquisard.

J'attends mon boxeur
Y a rien d'autre dans mon cœur
Quand la guerre est finie
On fait un petit

... Et des conneries qu'on écrit à quinze ans. Je savais pas écrire autrement, fallait que je fasse rimer les mots.

Mimile débarque avec la boiteuse, qui s'engueule avec l'Andalouse, qui s'engueule avec lui. Un maquisard apporte à Suzanne une gerbe de fleurs dans du papier journal. Il est essoufflé, il dit : « C'est de la part de Lulu, il est à l'hôpital à Grue, rien de grave, un éclat dans la cuisse. »

Suzanne fait la comédie à l'Andalouse.

« J'en ai pour trois jours tout juste, Grue, c'est pas loin...

— A Grue toute seule ? Pas question !

— Et si la blessure est grave, et si... »

L'Andalouse dit oui.

« Mais t'y vas pas seule, la fille Paquet t'accompagne. »

Elles prennent un camion qui transporte des cochons. Nonette, la fille Paquet, ressemble à sa mère ; aussi grosse et aussi conne.

Lulu a quitté l'hôpital et rejoint son maquis. « C'était rien », dit la rouquine. Son fils va bien, il a une aventure avec Carmen, une Gitane bien plantée aux gencives noires.

« T'es pas jalouse, la poupée ? demande, ironique, la rouquine.

— Faut bien qu'mon Lulu couche, c'est un homme. Et on n'est pas mariés. »

La rouquine fait bouger ses gros seins. « Baisée, la vieille », pense Suzanne qui sait pas ce que « baisée » veut dire.

Au retour, sur la charrette à cheval qui transporte du bois mort, Suzanne lit et relit la lettre de Lulu donnée par la rouquine. Il en a marre de cette foutue guerre dans ces marais puants, tuer des Boches, ça va bien, mais il préférerait être avec sa Suz, bientôt ce sera fini, on va leur foutre sur la gueule à ces fumiers de Chleuhs. Ton Lulu qui t'aime.

Y avait une radio au village, on a appris que les Boches étaient à Ferrières, à quelques kilomètres. Fallait fuir, quel cirque ! On s'est retrouvés à Cramahé.

Poussettes, charrettes, baluchons sur le bitume. Mômes qui braillent, bestiaux qui cavalent dans tous les sens, zincs qui mitraillent. L'Andalouse et la boiteuse qui se crêpent le chignon.

« Fini. J'veux plus t'voir ! Retourne avec ta grosse !

— Viens, mon Mimile, c'est pas une femme pour toi, c'est qu'une catin !

— Tu t'es vue, la boiteuse, dans ton tablier crasseux ? Qui qu'tu veux qu'ait envie d'toi ? »

Suzanne entre les deux furies.

« Faut qu'on trouve un endroit pour dormir et à manger pour les enfants.

— Marie-salope ! crache l'Andalouse à la boiteuse.

— Morue ! répond la boiteuse.

— Goule d'empeigne, s'interpose Suzanne qui reçoit une torgnole de l'Andalouse.

— Toi, occupe-toi de tes oignons ! »

Elle rumine la baffe en fabriquant du savon avec de la graisse de bœuf et de la soude caustique, dans une gamelle, derrière le muret du jardin de la baraque abandonnée. Au loin, sur la route, une image floue monte du goudron chaud de juillet. Silhouette en pull-over blanc, pantalon noir, qui tangue au ralenti sur un vélo. Elle devine un homme, il s'approche. Sur le pull blanc, une torsade verticale. Cheveux noirs flottants, lèvres épaisses qui sourient. Lulu.

« Comment t'as su qu'on était là ?

— On sait tout dans ces foutus marais. »

Ses mains entourent la taille de Suzanne.

« M'embrasse pas, Lulu. Si Mariette nous voit, j'vais m'faire attraper. »

Il dit à l'Andalouse qu'il est en mission pour échanger des prisonniers boches contre des Français. Il sait pas quel chemin prendre pour rejoindre le lieu de l'échange. « Je saurai jamais. J'vais m'perdre. » L'Andalouse soupire. Elle dit à Suzanne : « Conduis-le. Mado, tu vas avec eux. »

Ils s'arrêtent souvent sur le bord des routes, dans les champs, les maisons en ruine. Mado compte les bécots.

« Tourne-toi ! Regarde pas ! dit Suzanne. Pourvu qu'elle répète pas à Mariette ! »

Aux abords du camp, ils se séparent. Lulu dit que c'était une bonne idée, le coup du chemin.

« Tu parles ! J'connais le coin comme ma poche. »

Sur le chemin du retour, Suzanne demande à Mado :

« Tu diras rien à maman, hein ? Promets qu'tu diras rien !

— Je sais pas. J'verrai... »

« Ils ont fait rien que d'se bizer, plein d'fois, même que j'ai pas pu compter et qu'elle voulait pas que j'regarde. Même qu'elle m'a fait garder les vélos pendant qu'ils se bizaient. — Non mais c'est pas vrai, tu penses qu'à ça ! Et devant ta sœur ! T'as pas honte ?... T'as pas fait d'bêtises au moins ! »

Non, elle a pas honte. Et des bêtises ! Quelles bêtises ? La main sous les jupons ? Sûrement pas ! Et zut ! Elle aura bientôt seize ans. L'avance des Boches est stoppée, dans pas longtemps, c'est la fin. A La Rochelle, elle pourra se bizer avec Lulu, personne y verra rien. Merde à la fin ! Suzanne a rien dit à Lulu pour Carmen, la Gitane.

Une lettre de Villeneuve-la-Comtesse, Lulu est encore blessé, rien de grave, une éraflure au flanc.

Le maréchal De Lattre arrive, Lulu rejoint l'armée régulière. « On a fait un beau voyage l'autre jour, tu me manques ma Suz, je t'aime. Ton Lulu pour la vie. »

Suz refait la comédie à l'Andalouse.

« Si tu m'laisses pas partir pour Villeneuve, j'm'enfuis !

— Dis donc, toi ! Quel aplomb depuis quèque temps, va falloir qu'ça change, saloperie d'engeance ! Mado ! Le vélo ! »

Un camp de soldats qui sifflent quand Suzanne descend de son vélo. Des tentes dressées, des fusils, des casques, des gamelles qui bouillent sous des feux de bois et Lulu qui lave ses fringues dans un seau rempli d'essence. Torse nu. Elle dit à Mado : « Surveille la bicyclette », et à Lulu : « M'embrasse pas ici, avec tous ces soldats, j'aurais trop honte. » Ils s'éloignent du camp. Lulu montre ses cicatrices encore rouges, le flanc, la cuisse, et son brassard de F.F.I. Il explique son fusil, le démonte et le remonte à toute vitesse, Suzanne bade devant le torse nu. Et puis il se bécotent. Dans le camp, Mado hurle : « Où qu't'es, Suz ? J'ai peur ! » Suzanne dit : « Tu sens l'vin, mon Lulu. »

Les Boches ont détruit Ferrières, massacré les gens et les bestiaux. Alors à Cramahé, les carrioles, les baluchons et les charrettes ont repris le bitume mitraillé par les zincs qui vont bombarder Royan. Un baluchon pour l'Andalouse et ses mioches, une carriole pour les Paquet qui suivent. Elle a dit à ses mômes : « J'vous interdis d'leur adresser la parole. » Elle marche raide. Suzanne se retourne et fait un clin d'œil à la vieille Paquet.

Une baraque dans les marais vers Mahizé. Suzanne pousse une barque avec une pigouille pour accoster les maisons voisines. Dans sa poche, du fil et des aiguilles.

« J'suis raccommodeuse, j'veux pas d'argent, j'veux d'quoi manger, maman est très fatiguée, mon frère et ma sœur sont trop petits pour travailler, j'fais aussi la vaisselle avec du crin et de la cendre, je sais tout nettoyer, tout sera nickel. »

L'Andalouse revient de Mahizé, elle rit fort, elle embrasse ses mômes, elle dit : « Ça y est, la radio l'a annoncé, les Boches ont capitulé, c'est la libération, dans tous les bleds y a des bals aux coins des rues. » Elle tire sa fille par la manche.

« Pousse la pigouille, j't'emmène danser ! »

Suzanne dit qu'elle a jamais dansé, qu'elle sait pas et dans les bals y a que des pique-bœufs. « J'aime pas les pique-bœufs.

— C'que tu peux être gourde, ma fille ! »

Les joues creuses, les rides et la fatigue de l'Andalouse prennent le maquis.

Elle dit : « J'te laisse à Lié avec la vieille Paquet, je pars à La Rochelle pour trouver un logement et du boulot, prends soin de Mado et de Binbin et cause pas aux Paquet, sauf à la vieille. Dans un mois, tu rappliques en ville. »

III

JEANNOT

Lucien en uniforme, tête nue, calot plié sous l'épaulette. Le pouce de la main gauche dans le ceinturon aux larges passants. Il s'appuie sur sa jambe droite, une cigarette grille entre ses doigts. Accrochée sur sa poitrine, une médaille : croix de guerre.

La boiteuse a pas fait chier, Mado a été sage, Binbin a « l'diable au corps ». Une petite pièce-cuisine-débarras-chiottes à la turque, rue de La Rochelle. Meubles en bois blanc, d'occase, lits pliants.

« Suz, tu couches avec Mado, moi avec Binbin. »

L'Andalouse a trouvé des ménages chez des particuliers, Suzanne a retrouvé Lulu, Sauveur est en Allemagne. Dans la ville, bruits des flonflons, bals aux coins des rues.

Ils ont traîné la Gitane aux gencives noires place d'Armes, lui ont rasé le crâne et peint sur le front une croix à la peinture rouge. « Paraît qu'elle cherche Lulu pour le tuer, elle croit que c'est lui qui l'a dénoncée aux maquisards », dit la rouquine en écrasant sa clope.

A l'atelier, Madame la directrice annonce que les cours de dessin commenceront l'année prochaine. Jacqueline est la copine de Suzanne : « Tu sais, j'me suis pas levée avec les autres, j't'ai pas huée, j'suis pas mieux lotie qu'toi.

— J'leur en veux pas. Y peuvent bien se moquer, j'm'en fous, j'suis amoureuse. » Elle raconte Lulu, le maquis et les marais, le flanc, la cuisse et la médaille. Jacqueline raconte son Samuel, étoile jaune cousue sur la poitrine, l'arrestation, la taule et le départ. « On sait pas où. » L'attente.

L'Andalouse a insisté pour que Suzanne vienne danser. A l'Oratoire, place d'Armes, Suzanne est assise, mains à plat sur les genoux serrés. Tangos, valses et javas, l'Andalouse dans les bras d'un Ricain en uniforme, immense et noir de peau. « Voulez-vous danser, j'peux vous inviter, tu danses, cocotte ? » Suzanne s'emmerde. L'Andalouse devant sa fille, elle tient la main du soldat américain. « Tiens, niguedouille, danse ! » L'homme coloré transpire, il sent fort, Suzanne ne comprend pas ce qu'il dit. Les mains du Nègre sur son cul. Ça tourne dans sa tête, l'homme et les flonflons, l'Andalouse assise qui les regarde, qui s'évente et qui rit, dents clinquantes. Suzanne repousse le Ricain. Elle dit à l'Andalouse : « Je rentre, Mado et Binbin attendent sur le palier, c'est bientôt demain. » L'Andalouse, cheveux collés de sueur, robe à fleurs, œillet, poitrine tombante. Sur le parquet ciré, fox-trot endiablé, Suzanne s'enfuit.

Lulu vient chercher Suz à la sortie de l'atelier, ensemble ils vont cueillir Mado et Binbin à l'école. Lulu est toujours soûl, ça fait sourire Suzanne, elle pense qu'il faut bien que les hommes oublient cette putain de guerre. Ils se bizent rue des Mariettes. Sur le palier de l'Andalouse, appuyé contre la porte ou assis sur une marche d'escalier, un homme. Jamais le même homme. Alors Suzanne et les mômes attendent la nuit chez la vieille Paquet. « Mariette est pas rentrée, on peut rester ? »

Quand il est très tard, Suzanne se dit que l'homme est parti. Ils rentrent sans faire de bruit. « Faut pas venir entre midi et deux », dit l'Andalouse.

Elle fait porter une gamelle de tapioca au lait dans le troquet de la rue des Merciers. Monsieur Dédé, le patron, fait chauffer la gamelle sur son poêle à charbon et sert un verre d'eau à Suzanne. Mado et Binbin mangent à la cantine, y a toujours du monde chez l'Andalouse et toujours du tapioca au lait dans la gamelle. Parfois, Lulu vient boire un verre de rouge chez le père Dédé. Ou plusieurs verres.

Depuis quelques jours, c'est le même homme qui attend sur le palier, avec un chapeau noir et un drôle d'accent. Suzanne cherche Nazaire.

Dans les rues de La Rochelle, elle explique comment est Nazaire, ses yeux gris, ses cheveux noirs épais. Il vivait à Laleu dans la cité ouvrière, sa femme, on l'appelle l'Andalouse, l'homme a trois enfants. Elle dit son nom, elle dit : « Je suis la fille de Nazaire. »

Il vit place Caco. Une chambre bien tenue. Il est assis sur un tabouret, dans un bleu de travail taché de cambouis. Une femme laide lave du linge dans un évier. Suzanne embrasse Nazaire. Elle dit à la femme de sortir : « J'veux causer à mon père. » La femme enlève son tablier et sort sans dire un mot.

Suzanne s'assoit sur le bord du plumard et raconte encore les marais, Mado, Binbin qui lui ressemble, à lui. Elle dit Lulu. Et puis Mariette. Elle dit qu'il faudrait revenir, pour les gosses, pour Mariette. « Et pour moi aussi. »

Il dit qu'il y a cette femme laide mais très gentille. Il pose ses coudes sur ses genoux, sa tête entre ses mains, et il éclate en sanglots. Il raconte Mariette, Mimile et les autres, il dit qu'il veut bien revenir. Il dit qu'il aime toujours Mariette. Suzanne embrasse les joues humides. « J'vais lui parler, j'suis sûr qu'elle voudra. Tu vas voir, j'vais tout arranger. » En sortant, elle dit rien à la femme laide qui attend sur le palier.

Place Caco, Suzanne éclate en sanglots.

Elle dit qu'elle a retrouvé son père, il vit place Caco, seul. Il a l'air fatigué, il veut bien revenir, ce serait mieux pour les gosses. L'Andalouse a écouté en étalant son vernis à ongles. Sa voix tremble, ses yeux se font méchants.

« Tu peux pas comprendre. Ton père, c'est un homme froid, et moi j'veux pas faire mon malheur pour votre bonheur. Non... ça j'peux pas. Et puis j'vais refaire ma vie. »

Suzanne dit à Nazaire qu'il faut attendre, être patient. « En attendant, on pourrait vivre ensemble, la mère de Lulu nous loue une chambre, j'm'occuperai de toi, t'as pas l'air en bonne santé. »

Alors Nazaire quitte la femme laide, achète un lit et un réchaud. C'est lundi dans la piaule louée à la rouquine. « Laisse-moi quelques jours pour prévenir Mariette et préparer mes affaires », dit Suzanne.

Mercredi, Nazaire se sent pas bien. Ces points blancs dans le fond de sa gorge. « Des phlegmons », dit Suzanne qui veut prévenir l'hôpital. Nazaire refuse. Depuis la mort d'Élise, il veut plus entendre le mot « hôpital ». « Et puis c'est rien, ça passera ben tout seul. » C'est la nuit du mercredi. La rouquine tambourine à la porte de l'Andalouse : « Viens vite, Suzanne, il est très mal ! »

Il est couché sur le lit, un pied à terre, les yeux et la bouche ouverts, du pus sur les dents et les lèvres. Les phlegmons ont éclaté, empoisonné le sang, tué Nazaire. Suzanne est immobile. Elle regarde le dégueulis jaune qui coule lentement le long des joues.

« Comme ça, il est mort..., dit l'Andalouse. C'est bien fait pour toi. »

Suzanne est calme. Elle lui demande si elle est contente. « Hein ? T'es contente ? Maintenant, t'es libre ! » L'Andalouse pâlit. Elle fouille dans son sac, sort le trousseau de clés, ferme la porte à double tour, se plaque contre la porte, bras écartés. Son corps, sa voix tremblent. « Tu vas m'dire, c'que tu penses de moi ! Tu vas sortir c'que t'as dans l'crâne ! »

Suzanne se tait. L'Andalouse hurle :

— « Tu vas vider ton sac, dis ! Tu vas m'causer, fi d'garce ! » Alors Suzanne explose, elle hurle, les larmes aux yeux, qu'elle se fout de tout, qu'elle se fout d'elle, l'Andalouse.

« Tu peux faire c'que tu veux, t'envoyer tous les hommes de la ville, tu peux faire la traînée, tiens... Tu peux même faire la putain ! J'm'en fous ! Si tu savais c'que j'm'en fous ! T'es... » L'Andalouse se rue sur sa fille, frappe, arrache les tifs, déchire les fringues, griffe en hurlant, cogne la tête contre le mur et, bave aux lèvres, s'écroule en gémissant.

Suzanne ne s'est pas défendue, elle a juste paré les coups. Elle relève la femme qui suffoque, essuie avec un linge humide la bave sur le visage blanc, narines pincées, bouche entrouverte qui balbutie : « J'm'occuperai des obsèques... Maintenant... tu m'appelleras " madame ". »

Dans un coin de la piaule, contre le lit replié, Mado et Binbin serrés l'un contre l'autre. Silencieux.

Avec une éponge, Suzanne lave le corps et le visage de Nazaire. La rouquine, clope au bec, l'aide à habiller le cadavre nu. Chemise blanche sans cravate, costume sombre tissu épais. La rouquine parle comme si elle changeait les draps d'un lit. « Lève bien l'bras, là... attention, tu fais un pli à la chemise. » Sans retirer la Gauloise de ses lèvres, costume maculé de cendres. Elles déposent le corps raide dans le cercueil de bois blanc. La rouquine écrase son mégot sur le lino et dit qu'elles ont oublié d'enfiler les chaussettes. Suzanne les cherche.

« J'trouve pas. J'étais sûre qu'y avait des chaussettes, là. » La rouquine dit que c'est pas grave.

« Il aura plus jamais froid aux péniches. »

Elle quitte la piaule en souriant, Suzanne

recouvre les pieds du mort d'un mouchoir blanc. Elle glisse dans la poche de la veste les deux timbres du Chili.

Elle s'assoit sur le lit, face au cercueil blanc, avale les cachets de l'Andalouse, ceux qui empêchent de dormir pour danser plus longtemps. Surtout ne pas dormir, pour que personne n'entre dans la piaule ; Mimile, ou les autres.

Ils sont sur le palier, Mimile, l'Andalouse et Lazare le docker, haut et large comme la porte, gâpette à la main, bras tatoués, le copain de Nazaire. Mimile dit qu'il veut voir le mort, c'était son ami, Suzanne répond que son père n'avait pas d'amis.

« Surtout pas toi. »

Elle dit : « J'peux pas expliquer, j'ai pas les mots, mais il avait pas d'amis et j'veux pas qu't'approches. » Il dit que c'est pas une mioche qui va l'en empêcher. Lazare sort de sa poche un surin.

« T'as entendu la gamine ? Si tu rentres, j't'éventre ! »

L'Andalouse aussi veut voir le mort.

« Personne m'en empêchera. »

Suzanne répond : « Toi, c'est pas pareil. C'est encore ton mari. Tu peux, madame. »

Madame s'approche, se signe et quitte la chambre. Raide, les yeux secs.

C'était la nuit, j'luttais pour garder les yeux ouverts. J'm'étais promis de le veiller. J'avais vissé le couvercle. Tout à coup, un craquement, le couvercle qui se soulève. Une frousse ! Il avait

36 ans, il est mort en pleine force, alors peut-être que son corps a gonflé... ou les muscles... je sais pas.

Lulu est passé avec sa mère. Il a embrassé Suzanne sur le front et dit des choses qu'elle a pas entendues : « Courage », « C'est la vie », « J'suis avec toi ». La rouquine puait le pastis, Lucien, le pinard. Quand ils sont partis, y avait une paire de chaussettes dans l'évier. Déchirées. Suzanne a pas compris.

Vieille salope !

Les camarades d'usine de Nazaire se sont cotisés pour acheter un autre cercueil, plus solide que le bois blanc. L'Andalouse veut des obsèques à l'église, pour la famille ; les tantes, oncles et cousins, là-bas en Vendée. Des pique-bœufs très croyants. Suzanne veut pas. Elle dit que son père était communiste et les communistes, ça va pas dans les églises. Et puis il disait souvent que le jour où il crèverait il voulait pas d'église et pas de fleurs.

« Non, madame. Y'aura pas d'église pour mon père. Et pas d'fleurs.

— Petite peste ! Et puis merde. Fais c'que tu veux, ça m'empêchera pas d'brûler un cierge. »

Un corbillard tiré par un cheval. Lazare, sa gâpette à la main, l'Andalouse, robe noire, faux œillet rouge. Des ouvriers en salopette, Lulu, costume sombre, chemise ouverte. Ils marchent derrière Suzanne, visage blanc, cernes noirs. Mado et Binbin sont chez les Paquet avec Mimile, les pique-bœufs ne sont pas venus. Au cimetière Saint-Éloi, deux hommes descendent la caisse de bois dans un trou sombre, au carré des indigents.

Une pelletée de terre. « Amen... » murmure l'Andalouse.

C'est octobre 45. Suzanne aura bientôt seize ans.

Quelques semaines dans la chambre de Nazaire. Leur chambre. Soir de Noël, le front contre le mur. Suzanne pleure. Mouvement du crâne contre le mur, qui s'accélère en va-et-vient violent, Suzanne s'écroule en tas au pied du mur.

Samuel est revenu.

D'un drôle d'endroit, un camp au nom bizarre, en Pologne. Sur le quai de la gare, Jacqueline n'a pas reconnu Samuel.

Dans les nuits de Suzanne, un rêve, toujours le même : craquements du couvercle, et, à l'intérieur de la caisse en bois blanc, deux yeux gris dans le vide noir. Elle vend le lit et le réchaud.

Le cinquième jour de la nouvelle année, au jour de ses seize ans, Suzanne pousse la porte, rue des Merciers.

« Bonjour, madame. »

Mado et Binbin me parlaient plus, ils osaient pas. J'étais la sœur ennemie. L'œuvre de Mariette. Binbin adorait sa mère.

L'homme au chapeau noir est toujours là. Il est polonais, chef d'équipe dans une usine de phosphates. Avec ses tickets alimentaires, il a droit à un demi-litre de lait antipoison par semaine, paraît que les phosphates, ça bouffe les poumons. Il n'oublie jamais de donner le lait aux enfants. Il veut épouser l'Andalouse.

C'est elle qui a parlé d'épousailles, un soir, après le départ du Polonais. Elle parlait seule, à elle-même, mais si fort que Suzanne a cru qu'elle s'adressait à elle. L'Andalouse qui va pas bien, joues creuses, cernes gris sous la poudre de riz blanche, petits traits verticaux sous le rouge à lèvres, accroche-cœur qui s'effilochent. Tache rouge sur un masque blanc entouré de filasse brune. Plus envie de guincher, et ce mal aux entrailles comme avant la totale.

Suzanne retouche la robe d'organdi, louée pour la communion de Mado, dans trois jours. L'Andalouse dit à sa fille aînée qu'elle veut pas la voir à l'église.

« J'veux pas t'voir de la journée. »

Lucien, torse nu, short à mi-cuisses, chaussures montantes à lacets, boules noires au bout des bras. Gants de boxe. Son poing droit devant son visage, le gauche s'en éloigne, vers un adversaire invisible. Derrière lui, un mur gris lépreux. Au dos de la photo, une date : 1940.

Le matin, jour de la communion, Suzanne sort de la chambre en écrasant avec son pied le pied du Polonais :

« Pardon, j'espère que j'vous ai fait mal. »

Lulu l'attend chez le père Dédé, ils iront se balader, Lulu lui dira des choses « importantes, ma poupée ».

Les remparts de la ville, la tour de l'Horloge, la tour Saint-Nicolas. Il la tient par les épaules, elle s'accroche à ses reins. Sur le sable de la plage des Minimes, ils se bécotent, dans une guinguette ils mangent du pain, du saucisson. Lulu boit du vin. Beaucoup de vin. « T'as une sacrée descente, mon Lulu ! Et les choses importantes que tu devais dire, c'est quoi ? »

Il dit qu'au mois d'août il pourrait prendre des congés, peut-être huit jours, c'est suffisant pour se marier. « Qu'est-ce que t'en penses, ma Suz ? » La Suz dit « oui » presque en hurlant. Mais au mois d'août elle aura encore seize ans, pourvu que la Mariette aussi dise « oui ».

A l'Abri de la Tempête, au Pêcheur, dans les bars à putes, il dit : « J'vous présente Suz, on s'marie au mois d'août, ça s'arrose. » Elle boit de l'eau, il boit du vin.

« Y s'fait tard, faut qu'j'rentre, Lulu.

— J'te raccompagne, ma poupée. » Il chancelle, elle le soutient. Suzanne est heureuse. Elle aura beaucoup d'enfants, au moins une fille et un garçon, avec Lucien, ils auront peur de rien. Rue de La Rochelle, Lulu dégueule.

Elle dit : « Lulu et moi, on veut s'marier. Au

mois d'août, pendant son congé. » L'Andalouse tire une drôle de tête, un éclair de tristesse dans ses yeux éteints.

« Réfléchis bien. C'est pas un gars pour toi, tu seras jamais heureuse.

— C'est tout réfléchi. Lulu et moi on s'aime. »

Lulu dit que la rouquine a fait la gueule : « C'est pas une fille pour toi, c'est qu'une grignou. » Le père Simon s'en fout. Il aime bien Suzanne. L'Andalouse et la rouquine signent la procuration.

Mémé Paquet dit à Suzanne qu'elle devrait faire un effort. Elle dit : « C'est pas vraiment sa faute, un jour tu comprendras. Et puis elle est bien malade, qui sait c'qui peut arriver, dans la vie faut savoir pardonner. Allez. Embrasse-la de temps en temps. »

Tout repasse dans la mémoire de Suzanne ; l'homme à la bicyclette, les gnons de la fille du boucher, Mimile, le Polonais. Et puis Nazaire, la totale, le masque rouge et blanc. Élise.

Un matin, avant de partir bosser, elle colle un bécot bruyant sur la joue fripée de Mariette qui éclate en pleurs et bégaye : « ... Ma Suz... » Suz part en courant sans fermer la porte.

Ils ont retrouvé la petite ruelle ancienne. Un deux-pièces au loyer pas trop cher, dernier étage au-dessus de la rouquine, c'est elle qui loue. Une pièce avec fenêtre sur la ruelle, une petite chambre avec lucarne, chiottes au bout du couloir. Dans la pièce avec fenêtre, c'est pas un vrai plafond, c'est des plaques de bois recouvertes de papier gris anthracite. Rien n'est visible entre les plaques mal jointes. Le noir. « Faudra changer le papier », dit Lulu. « J'pourrai jamais, répond Suzanne. J'ai l'impression que ce plafond n'existe pas. »

Rue des Mariettes, elle a tout nettoyé, lessivé, repeint de blanc les murs jaunis, collé au sol un lino rouge uni. Julot, le copain de Lulu, et Denise, sa femme, ont dégotté une cuisinière à charbon, Lulu et Suz ont acheté à bon marché un cosy, une commode, un grand lit, une table ronde. Meubles en bois blanc, dépareillés.

Tout est prêt dans le deux-pièces au plafond anthracite. Suz a tout calculé : « tant » pour la bouffe, « tant » pour le charbon et l'entretien. Pour les fringues, elle les fera elle-même, pour les économies, y'aura pas assez, mais l'important, c'est de joindre les deux bouts, pas avoir faim et froid.

Suzanne lèche les vitrines : berceaux, landaus, vêtements pour enfants, ça coûte la peau du cul. Et si elle tressait le berceau avec de l'osier ? Ça doit pas être sorcier.

Dans une quinzaine, le grand jour. Lulu dit qu'il est viré de sa boulange, Suzanne demande ce qui est arrivé, il dit qu'il était bourré, « des cons ces tauliers ! ». Suzanne refait ses comptes.

« On n'y arrivera jamais, mon Lulu.

— T'inquiète pas. J'me mets au chômage et du boulot, j'en retrouverai. Et toi, j'veux plus qu'tu bosses ! On croirait qu'tu m'entretiens.

— Mais Lulu, si j'travaille plus, comment on va s'en sortir ?

— On s'en sortira », fait Lucien énervé, l'haleine avinée.

Et l'Andalouse qui gerbe, dégueulis sans raison. Elle est couchée, à bout de forces, la peau crue sans fard. Le Polonais à son chevet. Une ambulance embarque le corps asséché.

Sur son lit d'hôpital, elle dit qu'il faut encore ouvrir.

« Ils ont pas dit pourquoi ils ouvraient. J'comprends pas, y'a plus rien à enlever... »

Dans sa main osseuse et brûlante, elle prend la main de Suzanne.

« J'ai dit aux toubibs : pas question d'ouvrir demain, c'est l'mariage de ma fille avec Lulu. Démerdez-vous. »

Suz dit qu'il faut pas qu'elle s'inquiète, tout ira bien. « J'reviendrai demain, maman. » L'Andalouse s'est endormie.

Sur fond de maison bourgeoise, Suzanne en tailleur clair, col de chemisier blanc posé sur le col du tailleur. Elle a des bas sombres et des chaussures à talons compensés, sur son avant-bras droit, un bouquet de fleurs blanches. Sa main gauche, gantée aussi de blanc, tient le bras de Lucien en costume et cravate sombres, chemise blanche, pochette assortie, les cheveux sages coiffés vers l'arrière. Sur la tête de Suzanne, une couronne de lauriers posée sur un voile blanc. Son visage est heureux. Il sourit. Regard dur de Lulu, plis d'amertume aux coins des lèvres.

Le tailleur était beige. J'ai pas voulu de blanc à cause de Nazaire. Mes souliers marron, j'avais des bas noirs en laine, impossible de trouver de la soie couleur chair. La couronne de lauriers, c'est la rouquine qui l'avait faite.

Ils sortent de l'église, une procession de trois quarts. Derrière Suzanne et Lucien, Mado en robe à carreaux et sandalettes blanches. On voit pas le gosse à côté d'elle, Binbin. Et puis Francette, robe en dentelle, nœuds dans les cheveux frisés, la rouquine, tailleur sombre, chapeau à voilette, au bras du père Simon. Dans l'ombre, encore à l'intérieur de l'église, un uniforme, quelques médailles, Sauveur. D'autres silhouettes se confondent aux lueurs des cierges.

C'est le curé Papon qui nous a mariés. Il connaissait bien Lulu, ça avait été son premier scout de l'église Notre-Dame de j'me souviens plus quoi ou qui. Bref, il avait déroulé un tapis rouge, y'avait un orgue qui jouait et des gens qui chantaient, on dit « un chœur », je crois. Enfin... Le grand cirque. La rouquine avait dit : « C'est moi qui paye les alliances. » Peau d'vache ! Elle avait pris un crédit, première traite impayée. J'ai mis des mois à casquer les anneaux. C'était du plaqué or, j'm'en suis rendu compte plus tard mais le prix, lui, il était pas plaqué ! Je sais pas c'qu'elle avait magouillé, cette vieille peau, mais elle m'a bien baisée !

Elle dit qu'ils l'opéreront demain.

« T'es belle dans ton tailleur, ma Suz. T'aurais pu t'mettre en blanc, quand même.

— J'ai pas trouvé c'que j'voulais, le tissu

blanc était trop cher et les robes en boutique, c'est pas abordable. Y s'moquent avec les prix.

— Faut donner des sous au père Papon. Comment tu vas faire ?

— C'est la mère de Lulu qui paye. Les alliances aussi, c'est elle. »

Elle demande à sa fille si elle est heureuse, si Mado va bien. « Et mon Binbin ?

— T'inquiète, y vont bien. Et puis Lulu, j'suis sûre que c'est un homme bien. »

Suzanne pose son bouquet sur le drap blanc. « Tiens. J'vais t'les mettre dans un vase. »

Mariette dit qu'il faut pas, elle en aura besoin pour les photos.

« Tu sais bien qu'y faut toujours des fleurs pour la mariée. »

Elle a trop parlé. Elle reprend son souffle et brusquement se redresse.

« T'as pas fais d'bêtises au moins ?

— Quelles bêtises ?

— Ben... avec Lulu... avant l'mariage...

— Tu sais bien qu'non. Même pas la main sous mes jupons. » L'Andalouse se détend. Elle respire lentement. Elle sourit.

Alignement de tables dans le trois pièces de la rouquine. Pastis et coquillages. Lazare dans un coin se tait, Simon parle en chiquant avec ses potes pêcheurs. Poissons, vin blanc, la rouquine passe les plats, des mains pelotent discrètement son cul sous les yeux effarés de la mariée qui aide au service. Sauveur est dans la chambre avec Mimi, sa cousine germaine, « qu'a dépucelé Lulu », a glissé la rouquine dans l'oreille de la mariée. Viandes, vin rouge. Le marié fait cul sec avec Julot, Denise raconte à Suzanne sa nuit de noces et des histoires de fesses. Gâteau au chocolat. Cris, rires, chants bretons. Simon crache sa chique dans son assiette, se lève, tangue, chante un bateau dans la tempête, des femmes en noir sur la grève qui guettent au loin les vagues déchaînées. La rouquine dit qu'elle a encore soif, « y a un rade sur le port près des remparts, le taulier c'est un vieux pote ».

Sur les murs du rade, des filets de pêche. Y'a des marins, des flots de vin, Simon dans les bras d'un copain, ils chantent, ivres morts, un refrain à travers leur nouvelle chique. Lulu titube, s'écroule sur une table, dit qu'il va dégueuler. Suzanne dit qu'il faut faire quelque chose. Elle demande des glaçons dans une serviette qu'elle pose sur la nuque de Lulu qui dégueule. Ça va mieux. Il dit qu'il a soif. La main d'un pêcheur entre les cuisses de la rouquine, clope et verre de rouge, assise sur les genoux d'un autre marin. Chemisier ouvert, elle rit comme une tordue, Simon est tombé. Couché entre deux chaises. Suzanne éponge le dégueulis rougeâtre. L'Andalouse est peut-être anesthésiée.

Suzanne et Lulu filent en douce pour l'appartement de Julot et Denise, leurs témoins. « C'est la coutume, a dit Denise, faut qu'tu perdes ton berlingot dans l'plumard de tes témoins. »

Naïve comme moi, c'était pas permis, c'que j'étais gourde ! Je savais rien et pourtant j'en avais vu des choses. Mais l'amour, j'y connaissais rien. Enfin... l'amour...

Lucien se casse la gueule plusieurs fois dans les escaliers. Il dit qu'il en tient une bonne, encore envie de gerber. Dans la chambre, il se dessape. En enlevant son froc, il s'étale en marmonnant, Suzanne le relève.

« Mais qu'est-ce que tu fous, ma Suz ! T'es pas encore à poil ? » Suzanne rougit.

« Tourne-toi, mon Lulu. S'il te plaît. »

J'étais tellement étroite, c'était pas croyable, et lui... il était monté comme un cheval... fan d'putain, quel engin...

Lulu chancelle et s'effondre sur le corps nu. Offert. Il la bécote pas. Il malaxe ses seins, sans douceur, sa respiration est forte. « Doucement, mon Lulu. »

Dans la piaule, ça sent la cave, mélange de pinard et de vomi. Il malaxe plus bas, ses doigts noueux cherchent, Suzanne sursaute.

« Merde, j'arrive pas à bander. » Ses doigts abandonnent leurs recherches. Il empoigne sa queue, mouvements de va-et-vient rapides, le vieux plumard grince. Il transpire. Il dit : « Ça y est, écarte un peu les jambes. » Ses yeux glauques et brillants, sa queue entre les cuisses de Suz qui resserre les jambes. Peur et douleur. Il force et pousse un cri, à chaque poussée, il crie comme un bûcheron. « Mais merde, serre pas les jambes, j'y arriverai jamais ! » Souffle court de Suzanne sous le poids du corps qui l'écrase. Mouvements de va-et-vient. Le sexe glisse et remonte en haut de la fente, il croit qu'il a trouvé l'orifice, enfonce le gland de toutes ses forces.

« Lulu, arrête, j'ai trop mal ! »

Lulu bave, force les cuisses de Suz et enfonce encore, au hasard, en poussant un cri. Elle hurle, il entend pas. Elle se débat, veut sortir du plumard. Épaules plaquées par les mains de l'homme qui rentre et sort son sexe, jouit en râlant, s'écroule. Il ronfle, les ongles de la femme plantés dans la chair de ses bras. Elle pleure, les yeux fermés. De ses entrailles éclatées, coule entre ses cuisses un liquide chaud.

Matin clair. Ils sont là, à brailler, titubant, rouquine, pêcheurs, Julot, Denise qui tient un pot de chambre plein de vin blanc et biscuits écrasés. Suzanne, debout, n'a pas dormi. Elle sourit à la noce qui secoue Lucien : « Faut manger l'pot d'chambre, c'est la coutume. » La rouquine examine le drap : « C'est pas possible ! T'avais tes ragnagnas ! »

Lulu sort du pieu, encore un peu soûl. Clignements des yeux, bouche tordue, ses mains tremblent, danse curieuse d'un pied sur l'autre.

« Toi, ça va pas, dit Denise. Ça c'est pas bien passé, hein ? Raconte-moi tout. » Et Suzanne raconte, sans dire les mots. Elle dit juste la violence et la douleur.

« J'le reconnaissais pas, c'était plus lui. C'est le vin qui l'a rendu comme fou. Il avait trop bu.

— Montre-moi, n'aie pas honte, j'en ai vu d'autres, c'est moi qui soignais mon Julot quand il est revenu des camps. Quarante kilos, y faisait. Avant, c'était une bête. Si t'avais vu son corps couvert de plaies... »

Suzanne a pas vu. Elle relève sa jupe et montre sous sa culotte les lèvres à fleur de sang.

« Faut aller chez l'toubib, ma cocotte.

— Pas l'toubib. J'oserai jamais. »

Denise dit qu'elle lui donnera une pommade. Elle dit : « Et pas d'quéquette pendant trois semaines. »

Ils ont mangé et bu du pot, le vin a coloré Lulu, Suzanne a eu la nausée. La noce est repartie.

Il est assis sur une chaise, la tête entre les mains. Il a l'air de souffrir. Peu à peu, il se souvient, images floues dans sa mémoire alcoolisée. Il entoure de ses bras la taille de Suzanne et pose sa tête sur son ventre. Il pleure. Il dit que c'est pas sa faute, quand il a bu, il sait plus ce qu'il fait, après il se souvient de rien. Il dit : « Faut pas m'en vouloir. » Elle caresse ses cheveux. Il supplie de lui pardonner.

« T'en fais pas, mon Lulu, c'est rien. J'ai oublié, j'me souviens déjà plus. » Elle dit qu'il devrait pas boire autant, c'est pas bon pour sa santé. Elle dit aussi pour la pommade et les trois semaines sans quéquette.

Tante a envoyé une lettre, elle n'a pas pu venir à cause de ses yeux presque aveugles. Elle espère que sa petite reine sera heureuse, « comme tu as dû changer ». Dans l'enveloppe, Tante a glissé un billet. Julot et Denise ont partagé leur vaisselle avec les jeunes mariés, les marins ont fait la quête, Lazare a offert une poupée bigouden en coquillages collés par lui, la vieille Paquet a brodé deux initiales sur une paire de draps : S.L. Sauveur vogue vers Saïgon.

Elle dit qu'elle est crevée, l'opération s'est bien passée. Les toubibs ont parlé de tumeur sans importance.

« T'as mauvaise mine. Raconte-moi la noce. »

Suzanne raconte la bouffe chez la rouquine, le rade près des remparts.

« Le père Simon était complètement rond, il a chanté des chansons, c'était marrant. On a beaucoup ri.

— Et Lulu ?

— Ça va. On est bien tous les deux. »

Elle demande aux enfants de se pencher pour l'embrasser. « J'ai plus la force de m' redresser. » Elle dit : « Fais pas d' gosses tout de suite. Tu sais, les gosses, c'est des soucis. »

Fallait que je leur réapprenne à m'aimer. Je disais « tous les trois, on est comme ça » et je leur montrais les doigts de ma main. Ils savaient pas comment m'appeler, j'ai dit appelez-moi marraine. « Maman », c'était pas possible, alors ils m'ont appelée marraine. Ils ont recommencé à m'aimer. Tout doucement.

Ils disent qu'ils ont ouvert pour rien. Le cancer était partout. C'est arrivé cette nuit, sans souffrance, ils ont recouvert le visage avec le drap. Suzanne ne pleure pas. C'est pas qu'elle n'en a pas envie, mais rien ne vient. Dans le silence blanc odeur éther, le bruit du corps de Binbin, évanoui sur le carrelage.

Je lui avais enfilé son manteau noir et j'avais accroché une rose rouge à sa boutonnière. J'arrivais pas à faire tenir ses accroche-cœur, j'ai fait comme j'ai pu, et je l'ai maquillée. Un peu de poudre de riz et de rouge aux lèvres.

Lulu épaule Suzanne. Ils sont peut-être dix à marcher derrière eux. Le Polonais suit, de loin. Un cheval a conduit la caisse en bois blanc au cimetière Saint-Éloi. Le curé Papon fait des signes, marmonne des mots, et dans un trou sombre au carré des indigents, deux hommes couchent l'Andalouse dans la terre humide. Dix jours après les noces.

Lulu dit qu'il cherche du boulot, le sang s'est retiré des lèvres de Suzanne, Denise dit : « Si on allait pique-niquer ? » Ils se baladent le long du canal de Rompsay, les hommes devant qui se souviennent du maquis, avec de grands gestes et le bruit des balles imité. Les femmes suivent, Denise, robe fin d'été, Suzanne, jupe et chemisier noirs. Ils mangent la bouffe du panier d'osier, boivent au goulot du vin dans une bouteille consignée, et se séparent pour s'allonger dans les hautes herbes. Il la bécote longtemps, ses mains sont douces le long du corps crispé. Il crache sur ses doigts, étale le crachat sur son gland. Suzanne ferme les yeux, lentement il enfonce sa queue gonflée. Douleur, Suzanne gémit. Il demande si elle a mal. « Un peu. » Il jouit en enfonçant trop loin, trop vite. Elle détend ses doigts qui griffaient la terre. Perles de sueur au-dessus de ses lèvres.

« Alors ? Y t'a fait grimper au septième ciel ? »

Suzanne demande à Denise : « C'est quoi, le septième ciel ?

— Ben... tu vois, moi, quand mon Julot m' travaille, ça m' fait du bien. Comme lui quand y lâche le paquet, c'est ça, le septième ciel. » Suzanne voit pas. Elle sourit, Denise se marre comme une baleine. « Ton ciel, c'est l'enfer », dit Suzanne.

Lucien a trouvé du boulot. Il écaille et vide des poissons dans une usine près du port. Le soir, il s'arrête chez la rouquine et boit des canons. Suzanne entend les cris de la marchande de sardines qui gueule après sa bru, Mado, Binbin : « Si j'avais su, y'aurait pas eu d' mariage, tu t' rends compte que t'es obligé de nourrir ces mômes, y sont rien pour toi, faut les mettre à l'Assistance publique ! »

Elle gueule que la Suz, c'est une souillon, « toute la journée à rien foutre, c'te marie-salope !

— Fais pas chier, la mère, c'est ma femme et ferme-la, elle va t'entendre.

— J' m'en fous qu'elle entende, j' suis chez moi ! » hurle la poissarde.

Lucien est pété, il gueule qu'il en a marre de cette engeance à nourrir « j' vais t' les foutre à l'Assistance !

— Tu feras pas ça, Lulu. Personne touchera à Mado et Binbin ».

Elle dit qu'elle va chercher du boulot, n'importe quoi, pour les nourrir, eux.

« J' t'interdis, t'entends ! J' veux pas qu' tu bosses, j' suis pas ton mac ! »

Gargouillis de dégueulis, Mado et Binbin derrière la porte de la chambre écoutent, la peur aux tripes.

La pêche a été bonne, la rouquine a vendu beaucoup de sardines, y a du fric chez les Leroux : bouffe, pastis, pinard, le père Simon offre à Lulu des tournées dans les bistrots du port.

La pêche n'a pas été bonne, ça hurle chez les Leroux, des fois ça cogne, Simon-la-chique baffe la rouquine pour qu'elle ferme sa grande gueule de poissarde.

Fallait pas qu'il s'arrête chez la rouquine. Quand il rentrait directement, il était pas trop bourré, on passait la soirée tranquille. Mais c'était plus fort que lui, la vieille, c'était comme un aimant.

Vêtements déchirés, peau balafrée « j' me suis cogné avec des cons ». Suzanne le déshabille et le soutient jusqu'à la chambre. Parfois, il s'écroule à côté du plumard. Les gamins aident Suzanne à coucher le mètre quatre-vingt-cinq, quatre-vingt-dix kilos du boulanger abruti de pinard.

Parfois, il est pas complètement plein, il s'assoit et parle seul :

« Ma mère, c'est une salope, une putain, c'est sa faute si j'picole. Et mon paternel. Qui c'est mon paternel, hein ? »

Suzanne se tait. Au matin, il se souvient plus très bien.

« J'ai fait quoi, hier soir ?

— Rien, mon Lulu. T'as juste un peu bu. »

Une lettre de Sauveur débarqué à Saïgon, 71e C.C.R., tout va bien. La rouquine s'est cassé la gueule en glissant sur une chique de « son fumier d'pêcheur ». Francette et Mado sont dans la même école. Francette joue avec les garçons, touche leurs quéquettes et montre sa minette, elle voudrait bien jouer avec Mado mais Mado ne veut pas montrer sa minette. Francette a les cheveux roux frisés et des lunettes pour corriger ses yeux qui louchent, Mado a les cheveux bruns et les yeux noirs. Francette est une petite salope, Mado est sage, alors Francette n'aime pas Mado.

« Sainte nitouche ! Paraît qu'elle fait chier ta sœur à l'école, hein, qu'elle te fait chier, cette fausseté ! Dis-le à Lulu.

— C'est qu'une prétentieuse mais pour qui elle se prend celle-là ? »

« J'vais t'les mettre à l'Assistance ! » hurle Lulu imbibé en levant la main pour étaler une torgnole sur la gueule de Mado.

« Touche pas mes gosses, Lulu ! Jamais ! »

Suzanne a parlé sans hurler. Elle ne crie jamais. Elle remplit une valise de fringues et dit qu'elle en a marre. Elle s'en va. Elle ira voir une assistante sociale, elle fera des ménages.

« Les gosses et moi, on vivra ensemble. » Lulu est blême.

« J'veux pas qu'tu partes, ma Suz. Des fois, j'm'énerve mais j'pense pas c'que je dis. »

Il dit qu'il sera le tuteur des gosses, personne pourra les mettre à l'Assistance « m'en veux pas, ma Suz ».

Ils ont signé les papiers. Lulu est tuteur « qu'est-ce que t'es con, mon pauvre Lulu », dit la rouquine.

« Maintenant tu pourras plus m'quitter, dit Lulu, ou j'me venge sur les mômes. J'fous Binbin dans une ferme et Mado aux Dames blanches. » L'institut au bout de la rue, tenu par des sœurs en blanc qui surveillent derrière les barreaux des gamines fugueuses, en uniformes et sabots de bois.

On a dû le faire une dizaine de fois... Huit, dix, pas plus. Même quand il était pas trop soûl, il faisait pas attention... huit fois avec la nuit de noces. A chaque fois déchirée...

Ils reviennent de l'usine, elle tient Lucien par le bras. Elle dit : « C'est drôle, j'ai pas eu mes règles. » Il s'arrête de marcher. Net.

« T'es p't'être enceinte !

— Tu crois qu'c'est ça ? A cause des règles ?

— C'est pas possible ! Tu sais pas pour les règles ? »

Elle répond « non », l'air d'une gourde, et hurle : « J'suis sûre que c'est ça ! » Lucien éclate de rire, prend Suzanne dans ses bras, traverse la ville, monte les trois étages en courant, défonce la porte d'un coup de pied et dépose délicatement sur une chaise sa Suz enceinte.

La rouquine peut gueuler, elle s'en fout, et le plafond anthracite, elle s'en fout. « C'est moi qui choisis le prénom, hein Lulu ! »

Le docteur lui a dit : « Vous êtes enceinte, ma petite. » Elle est allée couper des roseaux pour fabriquer un berceau en se souvenant des gestes de Nazaire. Denise lui apprend à tricoter, le soir, en attendant Lulu, elle cherche un prénom pour le gosse ; un garçon, elle en est sûre.

Examens, prise de sang, en trois mois son ventre s'est bien arrondi.

Une lettre de la maternité : quelque chose

cloche dans les analyses. « On craint la syphilis », dit le toubib de la maternité qui explique à Suzanne la maladie. « Alors j'ai la vérole ? — Si vous voulez, ma petite. »

Il dit que c'est pas bon pour l'enfant mais il faut confirmer, une autre analyse dans un dispensaire. Le dispensaire des femmes en carte. Chez les putains. Dans la tête de Suzanne, la vision du plafond anthracite.

« Les analyses sont pas bonnes, j'ai une maladie qui s'attrape en couchant, c'est grave pour le gosse. »

Lucien baisse la tête, triture ses mains, visage en tics.

« Faut qu'tu m'dises, Lulu. »

Et Lulu raconte, juste après le mariage, une fille couchée dans l'herbe, la chaude-pisse.

« C'est quoi, une chaude-pisse ?

— Une blennorragie, disent les toubibs. Ça dure pas longtemps, t'as pas pu voir. »

Il raconte le pus dans la queue, la douleur en pissant.

« Une bénomagie, ça va dans l'sang ? »

Il explique que ça reste juste dans la queue.

« Alors c'est pas ça. Moi, c'est dans mon sang, une syphilis, a dit le toubib. »

Lulu dit qu'il fera analyser son sang et qu'il accompagnera Suzanne chez les putains.

Il dit : « J't'attends dehors, on m'prendrait pour ton mac. »

Suzanne regarde le sol. Un type en blouse blanche dit : « Assois-toi, cocotte, et relève ta manche » et « Ça y est, ma poule, tu peux partir. » Elle sort en courant, la veste à la main, la manche de sa robe encore relevée. Elle a rien vu, pas levé les yeux du sol, elle dit à Lucien qu'elle a jamais eu aussi honte. Lucien a soif.

Elle pense au sang pourri dans le corps de Jean, c'est le prénom qu'elle a choisi.

Une lettre du dispensaire des femmes en carte, la maternité s'est plantée, Suzanne n'a pas la syphilis. Une autre lettre, Lucien a le sang propre. « On n'a pas la vérole », dit Suzanne en regardant le plafond comme un défi.

Elle demande à Denise, et Denise lui dit les eaux et les douleurs.

Chez les Leroux, Julot, Simon, Suzanne, la rouquine et Lulu, bave aux lèvres, yeux injectés de sang, qui boxe les murs en hurlant des mots que personne ne comprend, une chaise à bout de bras qu'il fracasse contre un meuble. Il hurle qu'il va tout casser dans la baraque à la con. Les poings de Simon sur la tête de Lucien ceinturé par Julot et Suzanne « vous pouvez taper, j'm'en fous, bande d'abrutis ! ». Il faut cogner longtemps pour le calmer. Il respire très vite par la bouche. De ses oreilles coule un filet de sang. Le ventre de Suzanne est gros, Mado et Binbin attendent leur « petit frère ».

> Ils marchent dans la rue des Merciers. Lucien en chemise blanche, pantalon sombre, sandales en toile claire. Le corps amaigri, visage aux joues creuses, pommettes saillantes. Il regarde l'objectif sans sourire. A sa gauche Suzanne. Seins fiers, taille fine, hanches larges, dans une robe à fleurs aux

manches retroussées. Visage pas maquillé, yeux noirs qui regardent au-dessus de l'objectif un point très haut. Elle pousse une caisse avec des roues, garde-boue en ferraille au-dessus des roues. Dans la caisse un môme, pouce dans la bouche, visage fin, il ressemble à Lucien.

Elle dit qu'elle a un peu mal mais pas trop. « Assieds-toi là », dit la rouquine. Suzanne pose ses fesses sur le pot de chambre des noces, près de la cuisinière. « Faut attendre », dit la marchande de sardines qui éclate de rire, ses gros seins ballant avec son rire. C'est la fin d'après-midi, bruit d'un filet d'eau dans le pot, Suzanne attend en tricotant. La rouquine, jambes écartées, assise face à sa bru qui perd la flotte, boit un pastis et fume un clope. Il est huit heures, c'est la nuit. Crampes dans le ventre, Suzanne part pour la maternité. « Bonne chance poupée », dit la rouquine. « Vous expliquerez aux enfants ? demande Suzanne.

— Te fais pas d'bile, poupée.

— Mais qu'est-ce que fait Lulu ?

— Il est trop tard, il viendra plus. » Cris d'une femme « une qui accouche par le siège », rassure une sage-femme. « Ça s'passera bien, mon Jean, ça s'passera bien », murmure Suzanne qui transpire à grosses gouttes.

Dix heures, c'est elle qui crie. La femme en blanc regarde entre les cuisses écartées.

« Ça vient. Une pièce de dix sous.

— Quelle pièce ?

— Ben, l'ouverture pardi ! »

La sage-femme a disparu. La nuit la plus longue de Suzanne, à gémir dans la maternité abandonnée.

Cinq heures du mat', « c'est prêt, poussez », dit la femme en blanc, Suzanne pousse, Jean veut pas sortir, « y passera pas, trop étroite, la p'tite ». Blouses et masques blancs, elle sent pas la piqûre, le bistouri. Un cri à cinq heures vingt, un paquet fripé sur les seins de Suzanne qui pleure ; Jean, sept livres. Ils sont partis, ont oublié Suzanne. Huit heures et demie, ils sont revenus. Elle hurle à chaque agrafe dans sa chair réveillée, un douze décembre. Lulu a vingt-deux ans aujourd'hui, Suzanne en aura dix-huit dans quelques jours.

A la maternité, il était comme un gosse, il répétait : « C'est mon fiston, c'est mon fiston. » Je lui ai dit : « *Tu peux l'prendre dans tes bras, y va pas t'bouffer, grand nigaud.* » *Il voulait pas. Il avait peur de l'écraser entre ses battoirs. Il s'est penché pour l'embrasser, ça me plaisait pas trop, il puait le vin à plein nez.*

« C'est son père tout craché », dit la poissarde, « il gueule comme un Leroux », dit Sauveur le militaire, « t'aurais dû lui donner mon prénom, ça s'fait chez nous », dit méchamment Simon-la-chique, « il est pas normal, ce drôle, il est né avec trois dents », dit la Francette-tripoteuse-dequéquettes. Postillons odorants. « Mon fils, c'est pas un Leroux », dit Suzanne.

Tante Pineau n'a pas répondu au faire-part de Suzanne.

IV

FANFAN

J'avais choisi Mado comme marraine et Sauveur comme parrain. Ça plaisait pas trop à Lulu ce baptême, la religion et lui ça faisait deux, c'était pas l'grand amour. Il disait : « Les curés, c'est qu'des vicieux et les bonnes sœurs, des salopes. » Bref, c'est la rouquine qu'a fait son cirque. Vieux cul béni ! Y a pas eu de repas, on était trop fauchés. Juste quelques dragées. Trois dans chaque cornet.

Ils empilaient les Viets, les embrochaient sur des tiges de bambous et les faisaient cramer, « ces putains d'jaunes, faces de macaques ». Sauveur raconte le viol d'une « face plate, bien étroite, la salope, on pouvait pas entrer à deux ». Ils étaient plusieurs, il a enfoncé sa queue le dernier, c'est lui qui a tiré une balle dans le corps ensanglanté, peut-être déjà crevé. « T'es un beau fumier », dit Lucien, « faut bousiller cette vermine, racaille de communistes », répond Sauveur. Lucien bondit, chope le col de son frère. « Ça suffit ! » crie Suzanne en desserrant le poing de Lucien.

« Va-t'en, Sauveur. Tu vois pas qu'ton frère est énervé ?
— Et à Marseille, pendant les grèves de 47... On était prêts à tirer dans la foule...
— T'aurais tiré, salaud ?
— Moi, j'obéis. Sûr, j'aurais tiré !
— Y aurait ma femme et mon gosse dans une foule, tu tirerais ?
— J'les descendrais comme des chiens.
— Fumier d'ordure ! »

Le poing de Lucien sur la gueule de Sauveur. Ils roulent sur le lino, « les cocos, j'les crève ! », « c'est moi qui vais t'crever ! » La rouquine a entendu les cris, le bruit des coups. Avec sa bru, elle sépare Lulu-le-F.F.I. et Sauveur le tueur de Viets. Suzanne éponge le sang qui coule du nez du F.F.I. La rouquine emmène le tueur faire recoudre son arcade ouverte.

Jean hurle, la chair transpercée. Suzanne a refermé l'épingle à nourrice sur le lange, la couche et la peau mélangés. « Quelle empotée ! » dit la poissarde.

Jean a toujours soif. Il s'accroche aux seins de Suzanne, ses trois dents mordent au sang les tétons douloureux.

Suzanne remue doucement le berceau en osier. Elle chante tout bas, son visage contre le visage de Jean : « Fais dodo l'enfant do, l'enfant dormira bientôt. »

Lucien dit qu'il est viré « pour des conneries », « quelles conneries ? » demande Suzanne, « t'occupe », répond Lucien.

Il cherche du boulot, part le matin, rentre le soir, mange une soupe chez la rouquine, repart et revient tard la nuit. Suzanne attend. A la première gueulante, au premier boucan dans les escaliers, elle descend soutenir Lucien.

Septième jour de chômage : le matin, deux flics chez Suzanne et Lucien.

« On cherche votre mari, pour un vol de poisson à l'usine. »

Jean crie, Suzanne sort son sein.

« Retournez-vous. »

Ils disent : « Beaucoup de poissons pendant longtemps. » Ils parlent de deux hommes, les complices de Lucien, Suzanne dit qu'elle connaît pas les deux hommes. Les flics reviendront pour arrêter Lucien, Jean tire et mord la poche à lait, Suzanne hurle.

Il fait nuit, Lucien est bourré, Suzanne dit pour les flics :

« C'est le poisson que tu ramenais à la maison ?

— Non. »

Il se tait. Il ne veut plus rien ajouter.

Le matin, ils emmènent Lucien, à jeun, il se laisse faire, Suzanne les accompagne. Au commissariat elle tend l'oreille. Elle entend l'aveu des poissons volés et revendus, une histoire pas simple, Lucien a sûrement menti. Elle demande au commissaire : « Vous allez garder mon Lulu ? » Le commissaire répond que c'est grave, qu'il va être puni. Il dit : « Pas de contact avec les complices. » « Mais qu'est-ce que t'as fait de l'argent ? » demande Suzanne. « Je l'ai bu », dit Lulu. Son visage et ses mains tremblent.

Il flotte. Elle court, trempée, elle va chez Julot, lui il doit connaître les deux voleurs. Essoufflée, elle raconte l'arrestation, l'interrogatoire. Elle dit qu'il faut trouver les deux autres, il faut qu'ils racontent la même histoire que Lulu.

Les bars à putes sont fermés, Julot et Suzanne font les rades à matelots sur le port, dans la vieille ville, près des remparts.

Les deux hommes sont assis à l'Abri de la Tempête devant un verre de blanc. Aux flics, ils ont dit comme Lulu. Les trois voleurs sont en prison.

Faut nourrir les gosses et envoyer des mandats. Suzanne place Mado, certificat d'études loupé, dans une maison de couture à coudre des braguettes.

Suzanne, Mado, Binbin vont à la soupe populaire, chacun son tour, la gamelle enveloppée dans du papier journal. Pour aller et revenir, ils ne prennent jamais le même chemin. Binbin dit qu'il a honte. « Faut jamais avoir honte d'avoir faim », répond Suzanne. Il fouille aussi les poubelles, cherche plomb, cuivre, ferraille qu'il revend et il donne l'argent à marraine. Avec Mado, il vole des planches sur les chantiers pour allumer le feu dans la cuisinière, les jours sans charbon.

Suzanne visite Lucien tous les mercredis. Les joues de l'homme sont moins creuses, le visage moins en tics. Elle envoie trois mandats, un chaque mois. Au troisième mois, Lucien est libéré, transformé, grossi. Il sourit, dit que tout va changer, du boulot il en retrouvera. « Mon Jeannot m'a manqué, toi aussi, ma Suz. »

Ils s'arrêtent chez les Leroux. Sur la nappe cirée, des verres, une bouteille de pastis. « Juste un », dit Lucien.

« T'aurais pu venir à la prison.

— Pas eu l'temps, la pêche a été bonne, reprends une goutte », répond la rouquine.

Suzanne tire Lucien par la manche.

« La soupe va refroidir. »

Une soupe bien épaisse et un morceau de viande qui lui a coûté la peau du cul. Lucien a bien mangé. Il dit qu'il va faire un tour — « histoire de me dégourdir les jambes ». Depuis si longtemps. Suzanne dit rien. Elle croyait que peut-être... les mains de Lulu... juste ses mains... C'est Denise qui l'a dit : Julot, il enfonce pas toujours son engin, des fois, il la bécote et la caresse longtemps, avec ses mains, ses doigts, entre ses jambes, elle s'envole, le septième ciel. Pendant trois mois, Suzanne a beaucoup pensé aux mains de Lucien.

Nuit fraîche de printemps, crachin, cris d'homme du côté des Dames blanches. « C'est lui », pense Suzanne. Il est allongé sur le pavé mouillé, il délire, chemise blanche tachée de sang et de vomi. Poids mort. Suzanne va chercher la rouquine. Dans l'ambulance, il se débat mollement, sous la chemise pas de plaie. A l'hosto, sur son chariot, il se met à gueuler, demande ce qu'il fout là, saute du chariot. Moulinets de ses bras qui bousculent hommes et femmes en blanc, Lucien s'enfuit. « Restez là, j'le suis », dit Suzanne à la rouquine. A quelques mètres, silencieuse. Lucien parle seul, ombre blanche dans la ruelle sombre, qui se cogne d'un mur à l'autre. Il s'appuie sur la rampe, met très longtemps à grimper les trois étages, s'écroule sur le palier. Mado, Binbin, Suzanne tirent le corps jusqu'à la chambre.

Le tueur de Viets est reparti, 15ᵉ Régiment de tirailleurs sénégalais, 1ʳᵉ classe, Marseille. La Francette bosse à l'usine, « les quéquettes-y-sont-plus grosses-doit-déjà-avoir-perdu-son-berlingot », disent les mauvaises langues. Lucien chôme. La rouquine dit : « Si tu veux que j'te donne à manger, faut qu'tu laves mon plancher. » La Francette dit : « Si tu fais mon lit tous les matins, j'te donne des sous pour tes Gauloises et ton vin. » Alors Lulu lave le plancher et fait le lit et dit à Binbin : « Va m'chercher du vin à crédit à la coopérative et dis rien à marraine où j'te chauffe les oreilles. » Binbin planque les litrons sous les lits et sous les meubles, marraine s'aperçoit de rien. Lulu bouffe chez sa mère, Jeannot tète, restent Binbin et Mado. Suzanne se démerde pour les mômes. Elle, elle dit qu'elle a jamais faim. Mado et Binbin disent « vous » à leur tuteur.

Il s'appuie sur la table pour pas tomber, dit, énervé, qu'il va dîner chez des potes, il lui faut de la vaisselle, « mes potes ont pas d'vaisselle ». Suzanne dit : « Il reste quatre assiettes, y a plus assez d'vaisselle, t'as tout cassé », alors Lucien devient dingue, ouvre le placard et vire ce qu'il trouve. Casseroles, bouffe, assiettes contre les murs, il gueule qu'il veut tuer la Mado. Il se balance d'avant en arrière, les yeux fixes. Suzanne pense qu'ils vont tous y passer : il est fou. Elle s'approche lentement, ses yeux dans les siens, et abat sa main sur la gueule de Lucien. Trois fois. Il bouge plus. Il la regarde bouche ouverte, pétrifié. « Y va m'tuer », se dit Suzanne immobile. Lucien tremble. « Toi... c'est toi qui m'as fait ça... »

Comme un somnambule, il se dirige vers la chambre. Mado respire.

Au matin, il se souvient de rien, Suzanne raconte. Il dit : « J'aurais jamais pensé qu't'aurais pu faire ça », elle répond qu'elle était obligée.

« Fallait faire quelque chose, j'ai eu tellement peur... »

Lucien demande pardon.

« C'est pas ma faute. C'est leur faute à eux, en bas. »

Et il raconte le grand-père marin, parti du foie, et l'autre grand-père dans son rade breton, crevant dans un dégueulis de sang. Il raconte les biberons au lait jamais blanc, gnôle ou vin mélangé, « c'est bon, ça donne des forces » disaient Simon et la rouquine. « J'ai pas souvenir d'un repas sans pinard. »

Suzanne écoute, pose un bécot sur les lèvres de Lucien.

« Tu peux t'arrêter si tu le veux. J'suis sûre que t'auras la volonté. »

Il dit qu'il aurait voulu être boxeur.

« J'peux encore, tu sais ! J'suis costaud !

— J't'aiderai, Lulu. A deux, on peut tout faire. »

Elle passe ses doigts dans les cheveux fous de Lulu. Il dit qu'il va essayer de plus boire.

« Pleure pas, grand fou, on dirait un drôle qu'a perdu sa mère. »

Jeannot trottine sur le lino, il dit « papa, maman, ado, binbin », et puis « pipi ». Le tueur est caporal à Alger, le sang a encore déserté le haut des cuisses de Suzanne. Lucien n'a pas essayé.

Denise et Julot ont quitté La Rochelle pour l'île de Ré, juste au moment où les histoires de cul de Denise faisaient rire Suzanne. Julot le maquisard est maton au pénitencier de l'île.

On l'a fait qu'une fois entre les deux accouchements, mais c'était la bonne. Je crois qu'j'aurais été une vraie lapine.

Lucien a trouvé du boulot dans une station-service. Le tôlier lui dit de pas fumer en servant l'essence mais il s'en fout, alors le troisième jour le tôlier vire Lucien. Suzanne se demande comment elle peut grossir autant en ne mangeant depuis des semaines que du pain trempé dans du café.

Il dit pas bonsoir, s'affale sur une chaise, demande de la soupe.

« Dans une assiette creuse. »

Il est tard, le bruit a réveillé la poissarde qui entre sans frapper. Elle est debout, appuyée contre la porte, les bras croisés sur ses nichons en liberté. Elle dit : « T'es encore sans travail et toujours bourré ! » Lulu se met à trembler, tics déformants, il dit : « Tais-toi, maman », sans hurler. Suzanne dit : « Laissez-le. Et puis laissez-nous », mais la marchande de sardines se tait pas. Elle demande à sa bru : « Y t'a dit pour ses tics ? » Elle sait pas. Lucien a jamais rien dit. Elle sait juste qu'il faut pas se moquer, Lulu n'aime pas, il deviendrait méchant. Et la rouquine raconte en riant la chorée quand il était petit, qu'il pouvait pas manger seul, c'est elle qui le nourrissait, debout, et c'était pas facile.

« Ce grand cinglé, il avait l'air fin à danser la Saint-Gui, on aurait dit un fada. »

« Ferme-la », grince Lucien en serrant les poings. Il dit plusieurs fois « ferme-la » mais la rouquine entend pas, alors Lucien soulève l'assiette et sans un bruit la casse entre ses mains, broie les morceaux, mâchoires bloquées, blanches. Sang mêlé à la faïence, pouces ouverts en demi-cercle le long de la ligne de vie. Il regarde, muet, les chairs ouvertes. Jeannot hurle.

Salle blanche des urgences. Le toubib recoud sans anesthésie, Lucien a pas voulu, « je sens pas la douleur ». Il bouge et parle tout seul, le toubib dit « arrêtez de remuer », il répond « toi, ferme ta gueule et fais ton boulot ». Suzanne contre le mur, vidée, sans émotion. Pansements au bout des bras. Gants de boxe. Lucien n'a pas dessoûlé.

« T'as bonne mine avec tes poupées aux mains », ricane la rouquine. Lucien se remet à trembler, il est rage silencieuse.

« Et tu vas nettoyer mon plancher toute ta vie, bon à rien ? »

Avec ses dents il arrache ses pansements, Suzanne essaye de l'en empêcher, avec ses bras il la repousse. Il ne parle pas, il grogne. Ses dents arrachent les fils qui cousaient les chairs.

« C'est rien, recouchez-vous, dit Suzanne à Mado et Binbin.

— Mon fils est fou ! », hurle la rouquine.

« Encore vous ! », dit le toubib des urgences.

« J'suis sûre que ce sera une fille, je l'appellerai Élise » dit Suzanne à Lucien, qui l'entend pas. « La putain du dessous ! C'est qu'une putain ! Tu sais pas, toi ?

— Chut, elle va t'entendre et puis faut pas dire ça !

— Le vieux... il a pas pu la grimper pour me faire, il était en mer... »

Vers la Libye, à l'époque il partait pour longtemps. Sept mois il est parti et quand il est revenu la rouquine était en cloque depuis cinq mois. Lucien ouvre la fenêtre, se penche et gueule : « Alors ! c'est qui qui t'a engrossée ? » Toute la ville savait, Simon aussi, mais il a rien dit. Et pour Sauveur, la ville a encore murmuré.

Il est tard et nuit, elle colle son nez aux carreaux d'un bar à putes rue Blétrie. Des cris, des rires de putes et de macs qui entourent Lucien accroché au zinc. Une pute lui tend un verre vide, Suzanne comprend pas ce qu'elle lui dit. Il prend le verre, le casse sur le comptoir, ramasse les débris, les met dans sa bouche, mâche et avale. Les putes et les macs applaudissent. Une bouteille de triple-sec sur le comptoir. Lucien boit au goulot. Suzanne pousse fort la porte du claque-merde, arrache la bouteille des mains de Lulu, le tire par la manche. Il gueule et délire, dit qu'il bosse dans ce bordel; il est videur. Les putes insultent Suz, sur le trottoir Lulu s'écroule, dégueule le triple-sec. Ambulance. Nuit delirium.

C'était tout l'temps des cris et du vomi...

Ils reviennent de la fête. Chevaux de bois, pomme d'api, barbe à papa, boniments des aboyeurs, « la femme-serpent, l'homme-singe ! »

Dans une baraque de tir, Lucien a fait un carton et gagné une peluche. Dans une buvette, il a bu du vin et de la bière. Suzanne est soûle d'odeurs sucrées, de musiques mécaniques. Trois hommes et une femme rue des Gentilshommes. Ils roulent des épaules, elle a les cheveux blonds décolorés. Une des roulures bouscule le ventre énorme de Suzanne. Elle a mal mais ne dit rien, à cause de Lulu.

« Il a cogné ton ventre, ce fumier, j'l'ai vu !

— Non, non, j't'assure. Il m'a seulement frôlée. »

Lulu demande aux hommes de s'excuser. Ils rient, se moquent des yeux qui s'ouvrent et se ferment, de la bouche qui se tord, « si t'es pas content, grand con, on t'casse la gueule ! » Faut pas dire ça à Lulu. Il glisse comme un fauve dans l'encoignure d'une porte. Garde à gauche, il redevient boxeur, ses poings cognent, précis, violents. Assaut des trois hommes, la pétasse blonde cogne aussi, alors Suzanne devient blanche, dans son corps le sang se fait la malle. Elle devient automate, sa main empoigne les cheveux blonds décolorés, soulève de terre la pétasse qui hurle. Bras raide, incassable. Des gens essayent de desserrer les doigts. Impossible. Alors ils tirent la fille. Dans la main de Suzanne, une touffe de cheveux aux racines noires. Sur le bitume deux roulures étalées. Bras pété, mâchoire fracturée, Lulu s'est cassé les phalanges à taper sur la tête de l'homme qui n'a pas voulu dire « pardon ». Car des poulets, nuit grillagée.

J'ai souvent eu peur mais jamais il a levé la main sur moi. Il me respectait.

Un bout d'homme, les pieds nus sur la plage des Minimes. Slip de bain trop large, corps potelé, bourrelé, le visage rond aux yeux très noirs ressemble à Suzanne. Des boucles de cheveux bruns s'échappent d'un chapeau de toile claire. Dans la main du môme, une pelle à sable.

Vision d'un cul rouge et fripé entre les jambes d'une femme dans le silence blanc de la maternité. Suzanne veut accoucher chez elle. Sur le pot de chambre, elle a perdu les eaux. Lucien est allé chercher le vieux docteur Callaud qui le soignait quand il était môme, dansant la Saint-Gui. Dans la chambre une sage-femme, la poissarde, et Lucien presque à jeun. Mado et Binbin bercent Jeannot dans l'autre pièce.

Cheveux collés par la sueur, doigts cripés sur le bois du cosy, Suzanne pousse. « Éteignez votre Gauloise », dit le toubib à la rouquine, « passera pas », dit la sage-femme. Bistouri, Lucien rote quand l'outil ouvre la chair, de la fente à l'anus, d'une cuisse à l'autre. Croix sanglante qui éclabousse la chemise blanche de Lulu qui chancelle.

« Tu vas pas tomber dans les pommes, grand couillon ? » ricane l'accoucheur.

Tas gluant, énorme.

« Un garçon, dit la sage-femme.

— Merde, j'voulais une fille », murmure Suzanne.

Le vieux Callaud prend le bout d'homme par les pieds, le secoue, premier cri. Il tend le cordon à Lucien.

« Tiens ça et coupe. J'ai jamais vu un cordon aussi long. »

Lucien est pâle, il coupe en tremblant. Le toubib dit qu'il va recoudre, elle sentira rien, la rouquine va lui coller un tampon de chloroforme sur le nez. Piqûre de l'aiguille dans la chair, à chaque fil la rouquine soulève le tampon en souriant. Suzanne veut pas hurler. Elle plante ses yeux dans le sourire de la poissarde et compte les fils, une nuit d'octobre 49, quatre ans et trois jours après la mort de Nazaire.

Putain ! Quel veau, mon colon ! Il était énorme, et grand, je sais pas où il avait pris tous ces kilos. C'étaient pas les cafés au lait que j'me suis envoyés pendant les neuf mois de la grossesse. On l'a pesé quelques jours après : dix livres !

« J'peux toucher mon fiston ? demande Lulu, timide.

— Tu vas lui donner mon prénom, dit le marin-pêcheur.

— Il a rien d'son père, y m'intéresse pas, dit la poissarde.

— Moi non plus », approuve la Francette-qui-s'envoie-tous-les-ouvriers-de-l'usine-même-les-cheminées, disent les mauvaises langues. « Et puis, c'qu'il est gros ! »

François, c'est un joli prénom et ça colle bien avec Jean. Binbin est le parrain, Francette la marraine. Suzanne a préparé une mousse au chocolat, acheté des gâteaux secs. Après le baptême, ils ont bouffé, bu du vin blanc, fumé des Gauloises, et ils sont partis sans embrasser Fanfan. Sauf Simon, qui fait la gueule pour le prénom mais qui aime bien les « drôles » du grand fada.

V

JACKSON

Oui... je crois qu'il m'aimait... enfin... à sa façon.

Il pousse la porte, il est torse nu. Peau violette, mâchoires tremblantes, dehors il fait moins quelque chose sous zéro, début d'hiver. Il s'assoit et dit qu'il a vendu sa veste et sa chemise. « Vendus à qui ? » demande doucement Suzanne. « Je sais plus. A quelqu'un sur le port. »

Il s'énerve, dit « qu'y a jamais rien à boire ici et jamais un rond dans mes poches », alors il a vendu ses fringues pour boire un coup. Suzanne veut parler, dire que l'argent du chômage c'est pas suffisant, qu'elle en a assez. Elle veut parler de Jeannot et de Fanfan. Lucien se lève et lance un « merde » qui réveille les mômes. Il est trois heures du mat'. Mado et Binbin ont cru qu'il allait cogner.

Sur la flotte entre les chalutiers, le reflet des néons des claque-merde à matelos. A travers la buée des carreaux, Suz cherche Lulu. Carcasse d'une barque déglinguée près d'un mur sombre éclairé par une petite lucarne. Des ombres le long du mur : deux ombres. L'une immobile, l'autre qui bouge en va-et-vient rapide. D'autres ombres attendent. Suzanne cachée derrière la barque, dans le silence de la nuit, des bruits de verres qui trinquent, éclats de rires ivres derrière le mur à l'intérieur du rade. L'ombre qui bougeait s'immobilise, s'en va, une autre prend sa place. Les yeux de Suzanne s'habituent à la nuit. Les ombres sont des marins, la tache blanche sous la lumière glauque de la lucarne, des nichons. Au-dessus des nichons une tignasse rousse, cheveux défaits : la poissarde.

Dans les tripes de Suzanne une douleur violente, envie de chier. Dans sa poitrine, le cœur qui cogne trop fort. Elle s'enfuit en cavalant. Chier n'importe où. La passerelle d'un sardinier, Suzanne s'accroupit, merde mélangée aux déchets de poissons. Chaos dans sa mémoire, images de chairs déchirées, ouvertes. Images d'une queue. Lucien.

J'le suivais. c'est pas que j'étais jalouse mais j'avais peur qu'il fasse des bêtises ou qu'il lui arrive quelque chose.

Nuits comptoir. Sauveur est caporal-chef. Les jours de pluie, Binbin dans les cimetières ramasse les escargots qu'il vend pour payer le cinoche à Mado. Suzanne berce Fanfan et chante à son oreille l'histoire de l'enfant do.

Jours gris. Brumes entre la tour Saint-Nicolas et la tour de la Chaîne, là où s'enfuit l'océan, vers d'autres « riens ».

J'me souviens pas d'un Noël chez nous... je sais plus... mais j'me souviens des dimanches à la plage avec mes drôles...

Chaleur d'août dans l'eau froide et salée, Suzanne ne sait pas nager. Elle marche, s'éloigne. Océan sur ses cuisses, sur ses hanches, sur ses seins. Elle pense à rien, elle veut simplement s'enfoncer. Elle regarde l'horizon bleu. Océan sur ses lèvres. De la plage, des cris de gosses, c'est peut-être Jeannot et Fanfan, Suzanne revient sur le sable sec en courant. Elle sait pas ce qui lui a pris. Elle serre très fort ses drôles dans ses bras. Putain d'océan ! Elle pleure.

Il avait trouvé du boulot mais j'arrive pas à me souvenir dans quoi... En tout cas, il devait commencer tôt le matin. Il travaillait depuis deux ou trois jours...

Deux heures du mat', Lucien s'étend sur le plumard. Ivre mort. « Réveille-toi, dit Suzanne, il est cinq heures.

— Fous-moi la paix, j'veux pas aller bosser.

— Ils vont te renvoyer. Tu vas perdre ton boulot, c'est pas l'moment.

— Tu la fermes ou j'casse les carreaux ! »

Suzanne insiste.

« Fais un effort, Lulu... »

Lulu se lève en vacillant, se dirige vers la fenêtre.

« C'est ça qu'tu veux ? »

Il traverse avec ses poings les carreaux et frotte ses avant-bras contre les montants en bois. Le sang gicle par saccades, Lulu court dans le deux pièces en tenant son bras, il gueule qu'il va crever, le sang arrose Jeannot, Mado hurle.

Suzanne garrotte au coude avec une ceinture de pantalon.

Nerfs, veines, artères sectionnés, à l'hosto ils ont gardé Lucien pour recoudre.

Suzanne s'écroule épuisée, face à Mado qui mange un quignon de pain, les coudes sur la table, le regard dans le plafond anthracite. Suzanne murmure :

« Mado... tes coudes... »

Mado regarde la flaque de sang sous ses coudes. Elle hausse les épaules. Elle s'en fout.

La main droite du boxeur est paralysée, pour toujours, griffes bleues, juste un peu de vie dans le pouce et soixante balles de pension d'invalidité.

Un jour un coquard, un jour un bleu. Un jour Mado, un jour Binbin. Il cogne pas quand marraine est là, il ose pas.

Binbin veut fuir, se casser, être marin. Un patron-pêcheur est venu le chercher.

« Pas besoin du certif pour être un bon marin ! »

Suzanne avait préparé un balluchon, il faisait beau sur le quai, Binbin souriait. « Ferme ton col, tu vas attraper froid, te penche pas, on sait jamais... une grosse vague... J'me souviens au môle d'escale... » Binbin partait pour plusieurs mois sur la *Marie-Kerouec*. Près de la carcasse déglinguée, y'avait Suzanne, Mado, Jeannot, le vieux Simon et puis Fanfan. Des mouchoirs blancs et puis du vent.

Il est debout le long du mur dans un coin de la chambre. Il tremble et transpire, il dit qu'il y a des choses, là, devant, des bestioles dégueulasses.

Les yeux terrifiés, il dit : « M'approchez pas, fumiers ! » Sa main bleue boxe le vide entre lui et Suzanne.

Il s'écroule en tas sur le lino, yeux révulsés, sa tête cogne le sol violemment, régulièrement.

Suzanne glisse un coussin sous la tête, attache les mains. Filet de sang le long des joues pâles. Mado court chercher le toubib, Suzanne essuie le visage blanc.

« C'est moi, ta Suz... tu vois, y a rien. Y a pas d'bestioles ici... c'est moi... c'est moi... »

La vieille Paquet est morte, en douce, dans son vieux tablier noir crasseux. Aussi le vieux toubib Callaud, entre deux hurlements de vie.

Il était jeune, on était ses premiers clients. Il disait : « Appelez-moi à n'importe quelle heure. » Combien de fois il est venu en pyjama sous son manteau, et en savates... Jamais, il prenait jamais un sou. J'me souviens plus de son nom.

La *Marie-Kerouec* s'est échouée, brisée contre un rocher de l'île de Ré, après deux mois de pêche, deux mois sans voir Binbin, « j'veux plus qu'tu partes sur l'océan », a dit Suzanne.

Binbin est apprenti-maçon, Mado en avait marre des culottes et des braguettes, elle bosse près du cimetière. La môme enfile des perles pour des couronnes mortuaires. Pas loin de l'Andalouse et de Nazaire.

Fanfan a neuf mois, Jeannot bientôt deux ans. Sauveur a terminé son temps, à la Rochelle il boit et baise les filles.

Fanfan à quatre pattes près de la porte. Lucien veut sortir, il n'a pas vu le bout d'homme, il ouvre violemment la porte. Fanfan la prend en pleine gueule, se couche sans un cri, les yeux fermés. Mado se précipite, elle croit qu'il est mort, Fanfan, c'est son chouchou.

« Salaud ! il a tué mon drôle ! »

Le salaud a entendu. Il revient dans l'appart', de sa main gauche empoigne Mado par les tifs, lui cogne la tête et le visage contre la cuisinière.

« Sale petite conne, j'vais t'apprendre ! »

Mado hurle, pommettes et lèvres ouvertes, aveuglée par le sang. La rouquine, Simon, Suzanne, Binbin sont sur Lucien, le ceinturent, le frappent et le traînent dans le couloir.

Le toubib fait une piqûre à Lucien qui sombre, la bave aux lèvres.

Elle dit qu'elle en peut plus. « C'est décidé, j'divorce. » Elle a fait le nécessaire, une assistante sociale va venir faire une enquête. La procédure est en cours.

« C'est pas possible, tu peux pas m'quitter. Sans toi j'suis foutu, faut pas qu'tu partes... »

Il dit qu'il va plus boire. Il entoure la taille de Suz avec ses bras, pose sa tête sur son ventre et pleure. Elle dit qu'il a déjà promis, plusieurs fois, ça sert à rien les serments, faut penser à Jeannot et à Fanfan, bientôt ils comprendront.

Lucien est parti en claquant la porte. Il est rentré tard, il titubait pas, il s'est couché sans rien dire. Le matin, il s'est levé, a dégueulé plusieurs fois, s'est recouché. Il souffrait.

Les premiers jours, il a rien mangé, juste dégueulé et il se recouchait. Il parlait pas.

L'assistante sociale a interrogé les gens de la ruelle. Elle a dit à Suzanne : « Faut pas céder, faut tenir bon. » Le jeune toubib a fait un certificat : éthylique dangereux... internement à envisager...

Il a plus dégueulé, il a eu faim, il se levait pour manger. Et puis il a regardé ses gosses, joué avec, prononcé quelques mots.

Il a caressé la taille de Suz.

« C'est fini. Ça fait trois mois, tu vois, j'vais bien. C'est promis, j'boirai plus, j'ai plus envie, faut qu't'arrêtes la procédure. »

Suzanne a dit qu'elle avait arrêté la procédure depuis longtemps. Elle savait qu'il aurait la volonté, qu'il pouvait.

Il a bécoté Suzanne et enfoncé son engin en faisant attention. Il a joui très vite, ça faisait si longtemps. Il avait l'air si bien après avoir joui que Suzanne était contente. Ils sont allés se balader dans les rues de La Rochelle, l'air était bon.

Le deuxième soir, il est sorti seul. Quand il est rentré, pas trop tard, il sentait pas l'alcool.

Le troisième soir, tard la nuit, un fracas dans l'escalier. Lulu beuglait, étalé sur les marches, il voulait tuer Binbin. Et Mado, « cette sale petite conne ! ».

Mado s'est fabriqué un collier de perles noires, Sauveur a rempilé pour trois ans, infanterie de marine, direction Alger. Fanfan ne parle toujours pas, Lucien se bat contre des bestioles immondes.

Les gens disent : « Bonjour, Suzanne, comment ça va ? » Elle répond : « Tout va bien. » Elle sourit, parle de la pluie et du beau temps.

Les gens savaient, mais ils me disaient rien.

Il marche aux côtés d'un homme qui pousse une bicyclette. Ils parlent sans faire de geste, Suzanne les suit. Quand Lucien se retourne, souvent, elle se planque dans l'encoignure d'une porte. Dans une ruelle sombre, une enseigne : Hôtel. Les deux hommes entrent, Suzanne aussi. Pas de réception, labyrinthe de couloirs sombres. Silence noir.

J'ai jamais su où ils étaient passés, qui était l'homme. J'ai pas vu le vélo le long du mur. C'est un souvenir... une sorte de cauchemar...

C'est l'anniversaire de Mado. Pour ses dix-huit ans, marraine a fait une tarte aux pommes et planté dans la pâte une bougie rose. Ils attendent Lucien. Cris chez la rouquine, des pas dans l'escalier : Lucien qui loupe les marches. Il titube, cherche pour se raccrocher des poteaux imaginaires. Dans sa main, le revolver offert par le tueur de Viets.

« Mado ! J'vais t'tuer ! »

Suzanne se jette sur l'homme, le ceinture de ses bras.

« Lâche-moi ! J'en ai marre de cette conne avec son air con et sa vue basse ! »

Il hurle, elle parle doucement. En détachant bien les syllabes, elle dit que tout va bien.

« Y'a pas de problèmes, tu vois, tout est calme, détends-toi, mon Lulu... »

Elle relâche doucement ses bras, prend le revolver, presque au ralenti. Elle caresse une joue de l'homme.

« C'est fini. Voilà, mon Lulu... »

Elle balance le revolver à travers les carreaux et envoie de toutes ses forces une gifle sur l'autre joue. L'homme s'écroule sur une chaise, les yeux nulle part. Elle dit : « Viens... ». Elle le prend par la main et le conduit à la chambre. Il la suit, muet, le dos courbé.

Elle reste longtemps dans la chambre.

Elle dit à Mado et à Binbin : « Allez vous promener, revenez pas trop tard. On mangera la tarte demain. »

Elle dit : « Bon anniversaire, ma chérie. »

Lucien ronfle.

Depuis qu'elle enfilait des perles, elle était plus dans son état. C'était pas une ambiance pour elle, le cimetière. Rue des Merciers, y avait des gens qui cherchaient une jeune fille pour s'occuper de leur fils aveugle et faire des petits travaux ; le ménage, la lessive... alors j'ai placé Mado. L'aveugle avait vingt ans, je crois, il s'appelait Jean. Il était très gentil avec Mado.

« Attention, Jean, y a une marche. Vous cassez pas la binette !

— Ben, Mado, comment tu causes ?

— Pardon, marraine...

— Laissez, madame Suz. C'est pas important. »

Cliquetis des perles mortuaires du collier de Mado, de la canne blanche de Jean sur les pavés du port.

C'est ma faute c'qui est arrivé, mais il avait le diable dans la peau. Il avait tout juste seize mois...

Mado et Binbin sont au boulot, Lucien quelque part, appuyé sur un comptoir. Jeannot joue chez la rouquine. Elle a posé Fanfan emmailloté sur une chaise devant la cuisinière. Elle lui dit : « Bouge pas, mon ange, je reviens. » Sur la cuisinière, une casserole où bout l'eau mélangée à du café et à de la chicorée.

Ça s'est passé très vite. J'ai ouvert le placard pour y prendre je sais plus quoi, j'ai entendu un cri, j'me suis retournée, j'ai vu la casserole tomber, Fanfan se protéger la figure avec son bras, j'ai foncé, attrapé la casserole, tout ça en une fraction de seconde.

Fanfan est allongé sur la chaise, langes imbibés d'eau-café-chicorée, petits points noirs qui fument. Loque bouillante, il hurle.

J'ai pas appris les choses mais j'ai toujours su, comme ça... par instinct.

Elle découpe aux ciseaux les langes, lambeaux de chair blanche collés au tissu, en appelant la poissarde.

Clope au bec, bras croisés, elle est là, clouée devant la porte.

« Allez chercher une ambulance, un toubib, n'importe qui ! »

La poissarde ne bouge pas.

« T'auras plus vite fait en courant. »

Vieille putain ! elle l'aurait laissé crever. J'suis sûre qu'elle était contente de l'voir crever !

Suzanne enveloppe son môme dans un drap, dévale les escaliers. Rue des Merciers, elle saute sur le marchepied d'une traction et hurle « A l'hôpital ! Vite ! » Le chauffeur ne ralentit pas, il fonce vers l'hosto.

Elle veut rester, mais une sœur de la Sagesse dit que Fanfan doit être isolé.

« Revenez demain. »

Elle marche dans les rues de la ville, hébétée, en tablier et savates, les cheveux pas coiffés. Elle cherche Lulu. Il est accoudé au zinc à l'Abri de la Tempête. Quand il comprend pas ce que lui dit Suzanne, elle répète. Quand il a compris, il se met à gesticuler, à se lamenter, il dit que son fils va mourir. Suzanne le prend par le bras et le ramène à l'appartement au plafond anthracite.

« Des comme ça j'en ai vu mille. Celui-là est perdu. »

Le toubib a dit ça brutalement, dans l'odeur de pourriture du petit corps comateux, sans regarder Suzanne. Il parle de surface, de profondeur, deux degrés sur le corps, trois degrés cinq sur le bras... le visage épargné, « c'est toujours ça... »

Fumier !

« Il est perdu. » Ça résonne dans sa tête. Mais Fanfan respire, alors il vit, et tant qu'elle sera debout, Fanfan vivra.

Elle dit à Lucien : « J'pense à ma mère. Quand elle a fait sa pleurésie, elle est allée voir un guérisseur, c'est elle qui m'a raconté. Paraît qu'avec ses mains il guérissait les gens.

— Arrête donc tes conneries, les guérisseurs, c'est rien qu'des charlatans ! Tout ça, c'est des menteries !

— C'est pas des menteries, Lulu ! Faut que j'trouve un guérisseur. »

Les gens parlent d'une femme à La Palice, d'un homme à Laleu-village. Suzanne fonce, Lucien suit en marmonnant. C'est la femme d'un boulanger, elle soigne avec des pommades, « pas de pommades sur des brûlures », dit Suzanne.

L'homme est épicier, il soigne avec ses mains sans toucher le malade, « c'est vous que j'veux », dit Suzanne.

Elle explique la pourriture du corps, dit qu'elle a pas un rond, supplie :

« J'trouverai de l'argent, j'vous paierai un jour, j'le jure ! »

L'épicier dit qu'il veut pas d'argent.

« Faut y aller tout de suite, on dira aux sœurs que vous êtes mon beau-frère. »

Autour de Fanfan, boule de pansements, les bras en croix, l'épicier, Lulu, Suzanne, et sœur Annie.

« Il faut juste regarder », dit la frangine.

Elle s'incruste. « Fous le camp », pense très fort Suzanne.

« Maintenant, il faut partir. »

Alors Suzanne avoue : c'est pas son beau-frère, c'est un guérisseur. La frangine pousse un cri : un guérisseur, ici ! Elle parle de sorcellerie, de sacrilège, Suzanne lève le ton.

« Le docteur a dit qu'il est perdu, alors on risque plus rien. J'vous jure qu'il le touchera pas. »

Elle voulait rien savoir, cette salope, alors je lui ai dit : « Si mon fils meurt, ce sera de votre faute ! »

La frangine branle de la cornette, les yeux bas, le nez tombant. Elle dit : « D'accord, mais si la mère supérieure s'en aperçoit, je suis au courant de rien. »

Suzanne est derrière l'épicier, elle voit son dos, pas ses mains. Lucien est de l'autre côté du plumard, un mouchoir sur le nez, l'odeur de Fanfan fait transpirer Lucien.

Ça dure longtemps, Suzanne surveille le couloir. Quand c'est fini, l'épicier dit : « Je pense que je le sauverai. A demain. »

Lucien raconte le visage du guérisseur qui devenait rouge, la sueur qui coulait. La souffrance sur le visage de l'homme. Mado pleure, Binbin la console. Une vieille bigote dit qu'elle a vu le vieux Simon déposer un ex-voto à Saint-Sauveur, l'église des marins.

« Elle est fraîche, elle est fraîche ma sardine ! » gueule la poissarde, Gauloise aux lèvres, qui n'a pas foutu les pieds à l'hosto.

Il vient pendant huit jours. Au neuvième, il dit que le môme est sauvé, mais pour son bras gauche, il sait pas. Suzanne est étonnée, l'homme n'a jamais vu le corps nu et Suzanne n'a jamais parlé des trois degrés cinq au bras gauche.

Fanfan ne pourrit plus, le chirurgien comprend pas. Il dit que le môme est sauvé mais qu'il va falloir peut-être amputer le bras.

Quinzième jour. L'épicier dit que le bras est sauvé. Le chirurgien dit la même chose, il dit qu'il a fait du bon boulot. Frangine Annie fait la gueule, Lucien ne sait pas quoi dire.

Le chirurgien fait une greffe, met le bras entre deux attelles. Le bras de Fanfan vivra.

Une lettre de Sauveur. Il navigue sur le *Félix-Roussel*, direction l'Indochine.

Francette tortille du cul, le corps plein moulé dans une robe rouge, couleur de ses lèvres peintes, cheveux roux disciplinés en étages bouclés. La tripoteuse de quéquettes ne louche plus. Ses yeux bleus sont entourés d'un trait de crayon noir qui se termine loin sur la tempe.

Elle a croisé Lulu et Suz mais ne les a pas vus. Des hommes sifflent sur son passage, « belle pute », dit l'un deux, « salope », murmure Lucien, « t'énerve pas », le calme Suzanne.

Elle attend, adossée au mur de la gare, en balançant régulièrement un petit sac argenté, une Gauloise plantée dans la bouche. Un homme s'approche d'elle. Costume blanc croisé, larges revers, œillet rouge à la boutonnière. Sur sa tête un feutre.

« Dédé gueule en or », dit Lucien. Trois filles au tas rue Gargoulot, sûrement collabo pendant l'Occupation. « J'ai envie d'vomir ! »

La Francette se jette au cou du mac ; mains dans les poches, il sourit de toutes ses dents aurifiées. Lucien fonce, envoie son poing à travers la gueule du mac. Feutre qui s'envole, cheveux gominés raie au milieu, « Lulu ! », hurle la Francette.

Il empoigne l'échafaudage de tifs roux.

« Putain ! A la maison ! »

Il marche très vite, Suzanne a du mal à suivre, la Francette perd ses godasses.

« J't'en supplie, Lulu, lâche-moi ! »

Au deuxième étage de la rue des Mariettes, il plonge la gueule peinte dans l'évier, la tripoteuse suffoque et pleurniche :

« J'vais l'dire à maman... salaud ! »

Il déchire la robe rouge, des seins à la taille. Une torgnole, deux, à la troisième, la tripoteuse s'écroule.

« J'te revois avec un type, j'te tue et l'type aussi ! »

Il part en claquant la porte. Assise sur le carrelage, jambes écartées, cheveux qui dégoulinent, œil bleu ; Francette anéantie.

« Je vais te mettre une compresse, dit doucement Suzanne.

— Fous le camp, morue ! » hurle le magma rouge et roux.

Ce qu'il a pu lui foutre sur la gueule, fan d'putain ! Trois fois il l'a laissée sur le carreau. Faut dire qu'elle avait l'feu au cul. Ça empêchait pas Lulu de continuer à faire son lit. Je me souviens comment elle le regardait en limant ses ongles, quand il était trop soûl. La haine dans les yeux...

C'était quelques semaines après la greffe. En mars 51.

Un pli par avion de Colombo pour les Leroux. Simon est en mer, la rouquine près des remparts. « C'est pas une bonne lettre, dit Suzanne à Lucien. Je sais pas pourquoi, mais c'est pas des bonnes nouvelles. » Elle ouvre la lettre, lit pour elle les premières phrases. « Raconte ! dit Lucien énervé.

— Sauveur est mort. Sur l'océan Indien... à bord du *Félix-Roussel*... Avant d'arriver à Colombo...

— Merde. C'est con.

— Comme ça... congestion cérébrale, il a pas souffert, il s'est pas senti mourir... »

Lucien écoute, sur ses tics pas d'émotion.

« *La grande épreuve que le bon Dieu vous a envoyée en vous reprenant votre enfant dans des circonstances si tragiques...*

— Qui c'est ce con qui écrit ?

— Le vicaire. *Je lui ai donné l'extrême-onction*

et l'indulgence pleinière à l'article de la mort après lui avoir bien entendu donné l'absolution...

— J'comprends rien à ces conneries.

— C'est des formules, Lulu. *Près de lui, un prêtre français qui en même temps qu'il priait pour votre Sauveur demandait à la Vierge immaculée de vous donner le courage chrétien nécessaire pour supporter l'épreuve et faire l'acte de joyeuse soumission à la sainte volonté de Dieu...* Je saute des lignes... *Funérailles lundi matin à 11 heures... l'assurance de ma pauvre prière.*

— Faut prévenir la vieille. »

Elle tape une belote avec d'autres poissardes devant un pastis. C'est Lulu qui annonce la nouvelle. La rouquine laisse tomber ses cartes et se met à brailler, la gueule déformée par les pleurs. Elle commande un autre pastis et une tournée pour ses copines. « Prends un verre, mon Lulu. »

Beaucoup de tournées. Les marchandes de sardines sont bourrées, elles racontent des histoires de cul, éclats de rires. Sauveur revient à la surface des pastis, éclats de larmes.

Suzanne et Lucien ramènent la rouquine. Elle dégueule, ils la couchent. Au-dessus du plumard, une image de la Vierge. Lulu est parti sur le port oublier la mort du tueur.

Simon a rien dit. Pas un mot. Il a poussé la porte, il puait la mer, le sel et la sardine, c'était tôt le matin. Il est revenu deux jours plus tard, il marchait droit, il s'est couché sans rien dire. Dans les escaliers, traînait une odeur de poisson crevé.

La rouquine s'est vêtue de noir, Suzanne aussi. Lucien a fendu la lèvre de Mado, le chirurgien a retiré les attelles trop tôt. Le bras de Fanfan s'est replié, palmé. Faudra réopérer.

Il était cuit. A cent pour cent. Mais j'crois qu'ailleurs il aurait pu s'en tirer. Il aurait fallu qu'on parte, qu'on quitte cette ville et la rouquine, mais c'était comme un aimant pour lui. Je sais pas... il avait chaque pierre de cette putain de ville dans la peau.

C'est vendredi, la fête de la mer, les gens décorent les rues. Rue des Mariettes, Lucien accroche des filets de pêche d'une fenêtre à l'autre. Place de Verdun, la fête foraine a planté ses baraques.

L'homme est un colosse noir. Le crâne rasé, il fait rouler ses doigts sur un tambour et lentement vient se planter au milieu de l'estrade.

Baraque de foire : JACKSON. ICI ON BOXE. Lucien n'a presque rien bu. Il sourit, Suzanne lui tient la main, Jeannot et Fanfan mangent de la barbe à papa.

Le colosse noir dit aux gens d'approcher, il dit qu'il est champion de trois pays, personne ne peut le battre.

« Qui veut boxer avec moi ? »

Les gens s'approchent, Lucien lève la main.

« J'y vais, tiens-moi ma veste.

— Tu peux pas boxer avec ta main, Lulu. Réfléchis. »

Lulu fend la foule et saute sur les tréteaux.

Il fait chaud sous la tente. Lulu est en tenue, Suz' est contente de le voir sautiller et souffler court. « Deux rounds de deux minutes », annonce le patron de la baraque.

Crochet du gauche de Jackson. Lucien pivote, évite le coup, reçoit le poing sur l'épaule. Poing droit en garde, Lucien frappe du gauche, fort. Dans ses yeux, la puissance ancienne de la main morte. Gong. Il sourit plus.

Deuxième round. Il fonce sur Jackson dans un coin du ring. Coup fulgurant sous le menton du champion international.

Gong.

Lucien halète, le corps en sueur, pommette écorchée, regard de vainqueur. Suzanne n'ose rien dire. Le patron dit à Lucien qu'il doit faire la quête.

« J'veux pas. J'aurais trop honte. »

Alors Suzanne prend le béret tendu et fait la quête, les yeux baissés sur la sciure piétinée.

Le patron demande à Lucien s'il veut bien faire le compère jusqu'à la fin de la fête. A chaque parade, il devra relever le défi du Noir. Cinq cents balles par jour et la quête après chaque combat.

Lucien est d'accord.

« Mais faut pas que Jackson appuie trop ses coups, j'suis un peu estropié. »

Il montre sa main bleue.

Samedi. Lucien boxe cinq fois, perd deux combats. Il donne l'argent à Suz.

« Pour les gosses. »

Il dit que la forme revient.

Dimanche. Les bateaux quittent le port. Au large, les marins balancent à la flotte des couronnes de fleurs pour leurs potes disparus en mer.

Soir de carnaval. Défilé de chars fleuris, Neptune, sirènes en carton-pâte, confettis et serpentins sur la reine de la mer et ses dauphines.

Soir lourd de juillet 51, Lucien n'a pas bu, juste un verre ce matin pour être bien.

« Lucien la boulange, 25 ans, le F.F.I. deux fois blessé, contre Jackson le tueur ! »

Au bord du ring, sur les genoux de Suzanne, Jeannot et Fanfan. Dans la foule qui hurle, Mado et Binbin.

C'est le troisième combat, il dit à Suzanne qu'il est un peu crevé.

« Faudrait que j'récupère un peu. »

Premier round.

Il était minuit, je sentais que quelque chose clochait. Le Noir était très excité.

Il se rue sur Lucien, les deux boules de cuir cognent à toute volée. Le Noir vise la tête, le Blanc esquive, Suzanne ferme les yeux. Elle entend plus les cris des badauds, elle entend le bruit mat du cuir sur la peau du Blanc.

Elle ouvre les yeux, Lucien sur les genoux, gueule grimaçante. Dernier coup du champion derrière la tête du F.F.I.-deux-fois-blessé. Le sang pisse de ses narines épatées.

Cris, applaudissements.

« Relève-toi !

— Tue-le ! »

Suzanne voudrait que ces cons ferment leurs gueules, qu'ils hurlent « pitié ». Lucien lève le poing. Abandon. Suzanne enjambe les cordes du ring. Fanfan dort, Jeannot regarde sans cligner des yeux, hypnotisé. « Il est courageux, ne l'oubliez pas au moment de la quête », annonce le patron. Mado fait circuler le béret, Lucien essaye de sourire. Il s'appuie sur Suzanne.

« C'est drôle, j'en peux plus...

— Huit cent vingt-cinq balles », dit Mado.

Ils ont tourné le dos à l'océan et quitté la baraque. Lucien a passé son bras autour des épaules de Suzanne, elle a passé le sien autour de sa taille. Elle le soutient. Il dit qu'il est crevé, alors ils s'arrêtent souvent et s'assoient sur les seuils des maisons. Quand des gens arrivent, il dit : « Partons, on va croire que j'suis bourré. »

Ils mettent longtemps à monter les trois étages, à chaque marche ils s'arrêtent, Lucien reprend son souffle.

Au deuxième, la porte s'ouvre.

« Encore bourré », dit la rouquine.

Elle couche le grand corps et s'assoit sur le bord du plumard. Elle veille, il somnole. De temps en temps, il parle, tout doucement.

« Faut pas m'en vouloir, ma Suz...

— Pourquoi j't'en voudrais ?

— Pour tout c'que j'ai fait... Mado et Binbin... »

Il raconte le pinard, quinze litres par jour avec Simon.

« C'était pas ma faute, tu l'sais bien...

— Arrête de parler, tu t'fatigues. »

Il dit les filles qu'il a baisées, quelques-unes, mais que des putes.

« Après j'm'en voulais, mais y avait qu'toi qui comptait... »

Lucien parle au passé, les mots parfois se mélangent. Le maquis, les putes, le vin et la danse de Saint-Gui. Son père, le vrai. Il ferme les yeux.

« J'vais te préparer un tilleul », dit Suzanne.

Il arrive pas à boire, ça coule sur son menton.

« Jeannot et Fanfan... faut pas qu'ils soient malheureux... hein, ma Suz... »

Elle passe sur son front un gant humide. Elle sourit.

« Arrête donc tes bêtises et repose-toi. »

Il veut pas se reposer, il veut parler. Dans ses phrases revient souvent le mot « pardon ».

Il s'assoupit, Suzanne aussi.

Il est six heures, le jour se lève, Lucien râle, bave au coin des lèvres. Suzanne appelle doucement.

« Lulu... Lulu... »

Il entend pas, son visage est tordu. Le côté droit est figé, paralysé.

« Mado, va chercher une ambulance. »

Coma blanc. Ses cils bougent, ses lèvres remuent. Suzanne croit qu'il entend, elle prend sa main, se penche à son oreille.

« Bats-toi, Lulu, pense à nous, bats-toi. »

Je suis sûre qu'il m'entendait.

Lundi matin, soleil. Suzanne n'a pas lâché la main.

Hôpital silencieux. Main froide. Lucien ne respire plus.

Suzanne est immobile. Bruit de chariot, deux hommes emportent Lucien. Autopsie.

Ils ont ouvert Lucien : son crâne, son ventre. Dans une salle nue et blanche, un homme a rabattu le drap sur les mèches folles qui dépassaient du bandage. Visage sans tics. Suzanne s'assoit sur un tabouret métallique, le corps droit, les mains sur les genoux.

Rien dans sa mémoire.

Peu à peu, des images mélangées : Laleu, Nazaire, le maquis, une robe de communiante, la vieille Paquet...

Suzanne suit les courbes du drap blanc qui recouvre le cadavre.

Elle imagine le nez, la poitrine, les mains posées sur le ventre. Plus bas, une bosse. Elle ferme les yeux.

Tout à coup, elle sursaute.

« Merde ! pourvu qu'la rouquine fasse pas chier les gosses ! »

Suzanne entend les cris de son Fanfan. Elle descend quatre à quatre les escaliers. Mado est en bas, elle raconte : Fanfan jouait avec un autre môme, Fanfan a cogné le môme, alors le père du gamin a cogné Fanfan, très fort sur la nuque.

« Ce p'tit con a frappé mon fils, je lui ai foutu une raclée, j'vais lui apprendre, moi ! »

Suzanne pâlit, se met à trembler.

« Ce p'tit con, c'est mon fils. Il a deux ans, il sait pas ce qu'il fait et de quel droit vous touchez mon gosse ? »

Elle se jette sur l'homme, frappe de toutes ses forces, arrache les cheveux, griffe le visage. Elle est silencieuse, l'homme crie.

« Arrêtez, espèce de folle ! »

La ruelle est déserte. Derrière les fenêtres, les rideaux bougent. Avec une main, l'homme immobilise Suzanne, il lève l'autre pour la cogner. D'une fenêtre de la ruelle, une voix forte et calme, la voix du vieux célibataire à qui personne ne parle, parce qu'il est juif, parce que lui non plus ne parle jamais. Sa voix résonne :

« Ne faites pas ça. Surtout ne la tou-chez-pas ! »

L'homme regarde le vieux à sa fenêtre, hésite, lâche Suzanne et part, suivi de son mouflet qui renifle.

Suzanne tremble toujours, et puis elle éclate en sanglots. Elle est debout au milieu de la ruelle, immense dans sa robe noire. Les bras tendus, raides, les poings fermés, elle lève la tête, tourne sur elle-même. Elle hurle :

« Maintenant qu'il est mort, faut pas m'faire chier, vous m'entendez ! Et si vous touchez à mes gosses, j'vous casse la gueule ! Vous entendez, j'vous casse la gueule ! »

Y'a personne aux fenêtres. Sauf le vieux juif qui applaudit.

Suzanne a refermé depuis longtemps l'album à la couverture de skaï marron. Depuis la dernière photo sépia de Lucien.

Visage de trois quarts, joues creuses, cheveux crantés brillants. Les paupières lourdes sur le regard dur et flou. Au-dessus des lèvres moins épaisses, des petites moustaches bien taillées.
Le col de la chemise claire est posé sur le col de la veste sombre. Au dos de la photo une date : avril 1951. Trois mois avant le dernier gong, quatre mois après le dernier voyage de Sauveur.
Il a vingt-cinq ans sur la photo retouchée.

Elle triture entre ses doigts usés un mouchoir blanc mouillé. Ses yeux sont rouges, gonflés.

Pendant des années, j'ai pas pu pleurer.

Elle arrange un pli de sa robe en tissu bleu imprimé de fleurs roses.

J'ai horreur du noir. Je peux plus supporter le noir.

Elle dit qu'elle est crevée, demain elle se lève tôt pour aller bosser. Elle range dans une vieille boîte en carton une paire de gants de cuir noir, une médaille, trois lettres noires « F.F.I. » sur un brassard aux couleurs passées, du courrier sur papier jauni.

Faut que je pense à renouveler la concession au cimetière Saint-Éloi. Bientôt.

Les ménages, elle en a marre, vivement la retraite, dans quelques mois. Elle pousse un soupir.

J'irai peut-être à La Rochelle. Ça fait presque quarante ans que j'y ai pas mis les pieds. Enfin... On verra...

Pavillon de banlieue, fenêtre ouverte. Le regard de Suzanne se pose très loin, sur les H.L.M. envahies par la nuit. Suzanne bâille.

Vraiment, j'suis au bout du rouleau.

Sur ses mains, les taches brunes sont devenues noires. C'est peut-être l'ombre du soir.

DU MÊME AUTEUR

Aux Éditions Lieu Commun

NÉONS, 1987.

KÉPAS, 1989.

Impression Bussière à Saint-Amand (Cher),
le 24 janvier 1990.
Dépôt légal : janvier 1990.
Numéro d'imprimeur : 9896.

ISBN 2-07-038216-8.
(Précédemment publié aux Éditions Lieu Commun
ISBN 2-86705-111-8.)

47670